Lea Baerens

DAS EWIGE LICHT

AF187141

Lea Baerens, 1977 in West-Berlin geboren, wuchs zwischen Leinwand und Farben inmitten der damaligen Kreuzberger Künstlerszene, einer modernen Arztpraxis im Rheinland und freier Natur an der deutsch-luxemburgischen Grenze auf. Ihre ersten Buch-Illustrationen mit Bild und Schrift verfasste sie im Alter von gut vier Jahren, wenig später erste längere Briefe in Lautschrift. Heute umfasst ihr privates Werk Gedichte, Kurzgeschichten, einen mehrteiligen Roman, autobiografische Notizen, sowie Bilder, Skizzen, Fotografien und Mode-Design.

Als promovierte Kunstwissenschaftlerin und mit einem Master of Business Administration (MBA) publiziert Lea Baerens parallel zu ihrem privaten Werk im Geisteswissenschaftlichen und als Ko-Autorin einer medizinischen Universitäts-Forschungsgruppe. Längere USA-Aufenthalte seit der Jugend, darunter als Post-Graduate Fellow an der Harvard University, Cambridge, legten den Grundstein für ihr bilinguales – deutsch-englisches – Werk.

Lea Baerens lebt aktuell mit ihrem Partner in der Nähe von Frankfurt am Main. Ihr Sohn ist erwachsen. Partner und Sohn widmet Lea Baerens ihr gesamtes privates Werk in Wort & Schrift, Bild, Foto und Design.

Website der Autorin: www.privateeditionbyleab.com

Kontakt zur Autorin: dr.lea.baerens@web.de

Von Lea Baerens liegen bei BoD vor:

THE SHIRT # elements to go – private edition by Lea B. (9783751929912)

DAS EWIGE LICHT (9783751902717) – Teil 1 Roman

DAS TOR (9783751902724) – Teil 2 Roman (Teil 3 folgt)

RAUM & FIGUR bei BECKMANN & MIES VAN DER ROHE (9783751901000)

GENESIS # Der Schaffensmoment eines Gedichts (9783751904513)

POEMS # Liebe.01 & Liebe.02 (9783751900416)

POEMS # Familie&Familiäres * kurz gedacht * last supper (9783751900430)

POEMS # aufgeschrieben * dialog(e) * der.die.da * gesagt_getan (9783751900447)

NOTIZEN # Erotik (9783751900386)

NOTIZEN # Du * Notizen (9783751900409)

KLEINE TEXTE # Die besten Geschichten schreibt das Leben (9783750495074)

Lea Baerens

Das ewige Licht

Books on Demand, Norderstedt

Bibliografische Information der Deutschen Nationalbibliothek:
Die Deutsche Nationalbibliothek verzeichnet diese Publikation
in der Deutschen Nationalbibliografie; detaillierte bibliografische Informationen
sind im Internet über http://dnb.dnb.de abrufbar.

Originalausgabe
1. Auflage 2020
© 2020 Lea Baerens
Umschlag/Bildredaktion: © Lea Baerens
Umschlagabbildung: © Lea Baerens
Abbildung Umschlagrückseite: © Lea Baerens
Satz und Litho: © Lea Baerens
Porträtfoto: Foto Gregor, Köln
Herstellung & Verlag: BoD – Books on Demand, Norderstedt
Printed in Germany ISBN 9783751902717

Die Entdeckung des Lichts

Lulu und Leon sitzen auf einem Baumblatt und erzählen. Es ist ein Abend wie viele andere. Nur dass es noch länger dauert bis die Sonne untergeht. Und die Großen sind ganz aufgeregt über die kommende Nacht. Angeblich sollen Lulu und Leon dann endlich verstehen, warum sie Glühwürmchen genannt werden. So blicken die beiden also gemeinsam in die Ferne zum Horizont. Langsam färbt er sich in den schönsten Rosa- und Blautönen.

Nach und nach landen immer mehr Glühwürmchen auf den Blättern neben Lulu und Leon. Aufgeregt schwirren sie hin und her und begrüßen alle Bekannten.

Plötzlich wippt das Blatt von Lulu und Leon heftig auf und ab. Die beiden purzeln fast hinunter. Erstaunt drehen sie sich um. Hinter ihnen ist der große Fred gelandet.

„Na ihr zwei, seid ihr schon aufgeregt, heute Abend in den Reigen der Großen aufgenommen zu werden?"
„Ja", antworten sie wie aus einem Mund.
„Aber warum sagen alle, dies sei ein ganz besonderes Jahr dafür?"

Niemand sonst außer dem großen Fred lauscht den neugierigen Fragen von Lulu und Leon so geduldig. Und es weiß auch sonst

keiner so gute Antworten. Fred ist nämlich eines der ältesten Glühwürmchen, sehr gesellig und bekommt viel mit. Nicht das Wenigste
davon hat er zudem selbst erlebt.

„Ja wisst ihr, es ist so: die kommende Nacht wird nicht nur die
kürzeste des Jahres. Sie wird auch die dunkelste in ganz vielen
Jahren. Es wird Neumond sein. Wenn es stockfinster ist, dann wer-
den wir beginnen zu leuchten. Das ist der Sommernachtstraum,
von dem die Menschen erzählen."
Dann malt er für Lulu und Leon die Mondphasen auf.
„Okay", meint Lulu, „aber wie sollen wir denn leuchten?"
Verwundert blickt sie auf den Teil ihres Rumpfs, der ihr besonders
dunkel erscheint.
„Ja, und tut das nicht weh?", will Leon wissen, „oder wird heiß oder
grell?"
„Und können wir dann alles sehen, so wie bei Tag?"
Das mulmige Gefühl von Lulu und Leon schwindet. Jetzt können
sie es kaum noch erwarten.
„Können wir uns dann ein- und ausknipsen? Huh, das wird ein lus-
tiges Versteckspiel. Und wie wir die Großen dann erschrecken kön-
nen…"
Fred lächelt zufrieden während er der Abenteuerlust der beiden
lauscht.
„Wo werden wir denn überhaupt leuchten?"
Lulu und Leon betrachten abwechselnd ihren eigenen Körper und
den des jeweils anderen.

„Da wo ihr am dunkelsten seid, Lulu hatte schon das richtige Gefühl."

„Aber wie kann ich denn da leuchten, wo ich fast schwarz bin?"

Fred lacht liebevoll. Generationen von Glühwürmchen haben ihm schon die gleiche Frage gestellt. Aber nur wenige, wie Lulu und Leon, wollten es wirklich wissen.

„Was wisst ihr denn über die Farben und das Licht?"

Lulu und Leon gucken sich verwundert an.

„Na ja, die sind eben da. Und wenn die Sonne scheint, können wir sie sehen. Nachts ist es zu dunkel."

„Und es gibt ganz viele Farben: Rot, Blau, Grün, Gelb, Weiß, Braun, Schwarz..." „... und Rosa und Violett, Türkis, Blau, Orange..."

Lulu und Leon zählen alle Farben auf, die sie schon gesehen haben und deren Namen sie kennen. Irgendwann fällt ihnen keine mehr ein und sie blicken gedankenverloren zum Horizont.

„Aber abends, wenn es dunkel wird, verändert der Himmel seine Farbe – und dann sehen auch die Farben anders aus...", meint Leon in die Stille hinein.

„Ja das ist schade", stimmt Lulu zu, „ich wünschte, ich könnte die Farben mitten in der Dunkelheit zurückholen."

Sie seufzt.

Aber Leon ist noch mitten in Überlegungen über die Farben an sich.

„Warum sieht Wasser von weitem so aus, als habe es eine eigene Farbe, ist aber eigentlich durchsichtig?"

Beide schauen Fred erwartungsvoll an.

„Wenn der Himmel blau ist, sieht es blau aus. Bei Wolken weißlich-grau. Und die Bäume am Ufer vom Fluss spiegeln sich. Und an manchen Stellen schimmert der Flussgrund durch", bekräftigt Lulu Leons Frage. „Bei Wind und Sonnenschein spielt das Licht auf dem Wasser. Dann funkelt und glitzert es, und alle anderen Farben scheinen im Licht zu verschwinden."

Lulu blickt wieder auf ihre dunkle Rumpfpartie. Sie kann sich einfach nicht vorstellen, wie aus Schwarz Licht werden soll.

„Welche Farbe hat denn das Licht? Was meint ihr ...?"
Lulu und Leon blicken sich verwundert an. Licht soll eine Farbe haben?
„Aber es ist doch durchsichtig und einfach hell, sonst könnten wir all' die anderen Farben gar nicht sehen. Es kann sogar so grell sein, dass es blendet."
Da hat Leon Recht.
„Aber, wenn ihr etwas heller sehen bzw. haben wollt, was denkt ihr euch dazu?"
Fred versucht es anders.
„Weiß." Lulu ist sich sicher. „Dunkelblau und Weiß ist Hellblau."

Gemeinsam gehen sie die Farben durch, erkennen, dass immer mehr Weiß die Farbe verschwinden lässt. Nur bei Rot bekommt man Rosa statt Hellrot.

„Und was tut man für dunklere Farben?"

Das ist einfach: „schwarz beimischen", rufen Lulu und Leon wie aus einem Mund.

„Wie im Schatten", fügt Leon an.

Lulu schaut immer verwunderter auf das Schwarz auf ihrem Rumpf. Dunkel soll leuchten, zu Licht werden?!

„Was wisst ihr denn, wo die Farben herkommen?"
Heute nimmt Fred ihnen aber wirklich nichts ab.
„Die Blütenblätter haben sie... Und ganz viele andere Pflanzen und Tiere..."
Lulu stockt mitten im Satz. Ja, sie haben ihre Farben, aber woher? Sie wachsen so, kommen so zur Welt, das ist gewiss.
Plötzlich erinnert Lulu sich.
„Neulich haben wir auf einem Stein mit Blütenstaub gespielt. Der war gelb, orange, rot, und die Blütenblätter blau. Es sah aus wie kleine Körner. Wir konnten mit ihnen malen und sie mischen."
Lulu hält die Luft an.
„Und dann wurden es andere Farben."
„Stimmt, Blau und Gelb wird erst Türkis und dann Grün", fällt Leon ihr mitten ins Wort.

Wie mit Weiß und Schwarz zum Aufhellen und Abdunkeln gehen sie nun alle möglichen Farbmischungen durch. Bis sie beim Mischmasch aller Farben ankommen – Braun.
„Auf welche Farben könntet ihr also nie verzichten?"
„Rot."

„Gelb."

„Blau."

„Weiß."

„Schwarz."

„Denkt euch Weiß und Schwarz einmal als Licht und Schatten. Habt ihr die drei Grundfarben denn schon einmal gesehen, ohne dass ihr sie anfassen konntet?"

„Ja, aber nicht alleine", wagt Leon sich vorsichtig vor. „Die anderen Farben dazwischen waren auch da, aber nicht so klar. Als würden sie die drei Grundfarben nur verbinden."

Fred nickt ihm aufmunternd zu.

„Im Regenbogen", sagt Leon, jetzt seiner Sache sicher. „Das war nach dem großen Gewitter, als es tagsüber erst ganz dunkel wurde, mit Blitz und Donner und Regen, und dann plötzlich die Sonne durch die Wolken brach."

Lulu zuckt innerlich zusammen. Stimmt, da war Licht mitten in der Dunkelheit. Aber eins, das gefährlich sein konnte. Lieber erinnert sie sich an die schillernden Farben.

„Es war, als hole das Licht, also die Sonnenstrahlen, die Farben aus dem Dunkeln wieder hervor. Wie bei Sonnenaufgang morgens. Nur plötzlicher. Und während alles noch ganz nass ist."

Gedankenpause.

„Wo kommt der Regenbogen eigentlich her?"

„Irgendwie kommt und geht er einfach. Und man kann ihn nicht anfassen. Außerdem ist er oft nur aus einem bestimmten Winkel sichtbar."

Fred hört den beiden geduldig zu, wie genau sie doch beobachten.

„Wenn alles trocken ist, ist der Regenbogen plötzlich weg."

Leon ist ganz aufgeregt bei seinen eigenen Worten.

Jetzt erinnert er sich.

„Manchmal sieht man einen Miniregenbogen auf Wassertropfen morgens. Dann schillert das Wasser. Und man kann weder durchsehen, noch hat es die Farbe von Himmel oder Untergrund, dem Blatt."

Lulu und Leon blicken Fred erwartungsvoll an. Er kann ihnen bestimmt den Zauber von Licht, Wasser und Farben erklären.

Aber Fred denkt gar nicht daran, den beiden einfach alles zu erklären. Sie sind so aufgeweckt und neugierig, dass sie die Welt selbst entdecken und verstehen können. Seine schützenden Flügel hält Fred dabei gerne über sie und hört ihnen zu, bestätigt sie in ihren Gedanken und Gefühlen, wofür die anderen oft zu beschäftigt sind.

Leon blickt konzentriert auf den in rot, rosa, gelb eingefärbten Abendhimmel. Langsam wird ihm klar, dass die Sonne bestimmt nicht ihre Farbe und Lichtintensität ändert, wenn sie unter- oder aufgeht. Die Farben müssen also irgendwie aus dem Licht kommen. Und je nachdem, wie hell es ist und in welchem Winkel das Licht zu ihnen kommt, zeigt es einen Teil seiner Farben.

„Die Farben sind alle im Licht", murmelt er gedankenverloren vor sich hin.

Lulu und Fred waren inzwischen ganz dicht an Leon herangerückt und hören seine Worte.

Lulu betrachtet wieder ihre schwarze Rumpfpartie.

„Heißt es deswegen ‚Licht in die Dunkelheit bringen'?"

Das hat sie von den Großen aufgeschnappt.

Fred lacht.

„Eigentlich meint es, ‚eine Sache aufklären'. Aber du hast schon recht, zuerst muss man alles sehen, mit Formen, Farben usw."

„Zumindest ist es doch so, dass Licht das Dunkel, das Schwarz aus den Farben vertreibt. Und nur was wirklich schwarz ist, sieht dann auch so aus... die Farben vom Regenbogen und auf den Wassertropfen morgens, wird da das Licht in seine Farben sortiert und spiegelt sich wie sonst der Himmel oder die Bäume am Fluss?"

Fred nickt.

„Ja, so in etwa ist es, so könnt ihr es euch vorstellen."

Jetzt wird auch Leon ungeduldig, was das alles mit ihrem dunklen Rumpfteil zu tun hat.

Er stupst Fred an.

„Wenn wir leuchten könnten, bedeutet das, alle Farben sind in uns und wir lassen sie später aus dem Schwarz hervorkommen?"

Lulu stellt sich vor, wie alle Farben unter dem Schwarz an ihrem Körper versteckt aussehen könnten.

„Moment Kinder – erinnert ihr, was ihr mir über ganz helles Sonnenlicht erzählt habt? Dass es euch blenden kann, wenn ihr reinschaut?"

Beide nicken.

„Die Dinge leuchten dann aber fast selbst, eben nur in ihren Farben", fügt Leon an.

Lulu seufzt, darauf war sie noch gar nicht gekommen.

„Weiß für Licht und Schwarz für Dunkel sind Gegenpole, oder? Und das Licht hat alle Farben in sich. Wenn es also auf etwas scheint, dann bestärkt es die Farben der Dinge, weil es diese in sich hat, aber nicht selbst zeigt. Deswegen müssen wir schwarz sein, um besonders hell leuchten zu können."

„Wir bringen heute Nacht mitten in der Dunkelheit alles in seiner Farbenpracht zum Leuchten", stimmt Leon ein.

Jetzt können sie beide kaum noch abwarten, bis es endlich ganz dunkel ist. Den Abendstern erkennen sie schon. Doch wie sie nun das Leuchten in sich anknipsen sollen, das wissen sie immer noch nicht.

Das Leuchten beginnt

Und dann passiert es. Ganz von selbst. In jenem Augenblick der totalen Dunkelheit.

Nur die Sterne funkeln heller als sonst am Himmel.

Plötzlich ist diese unglaubliche Wärme, die Lulu und Leon sonst nur eng aneinandergeschmiegt oder unter den schützenden Flügeln von Fred spüren, in ihnen. Sie spüren es im ganzen Körper. Es fühlt sich ganz leicht und ganz schwer zugleich an. Sie schweben und sitzen doch regungslos auf ihrem Blatt. Ihre Händchen und Füßchen scheinen von etwas Kuschelweichem umgeben. Eben waren sie noch hungrig, jetzt aber ist ein wohliges Gefühl in ihrem Bauch. Sie sind da und doch nicht da. Beide ganz für sich erstmals. Es ereignet sich einfach mit einem Mal, so wie sie erstmals ihre Liebe füreinander spürten. Dieses tiefe innere Urgefühl.

Lulu blickt auf, Leon ist noch ganz bei sich. Sie schaut ihn an. Und dann passiert es noch mal. Sie hat nichts getan, kann es auch nicht aufhalten. Will sie auch gar nicht, es ist viel zu schön. Der Raum um sie verzerrt sich, auch die Proportionen. Leon wirkt näher und weiter weg gleichzeitig. Die Zeit scheint sich aufgelöst zu haben. Es sind Sekunden, aber Lulu erlebt es als eine halbe Ewigkeit. Es ist ein Moment absoluter Ruhe in ihr und um sie herum. Sie nimmt nur noch Leon wahr. Es fühlt sich an als trete er in ihre Sphäre ein, die sie soeben erstmals selbst wahrgenommen hat.
Er sieht wunderschön aus, weil sie ihn liebt, ihren besten Freund. Nun spürt sie dieses tiefe warme Gefühl für sich und für ihn.

Langsam entzerrt sich der Raum, ein leichter Lufthauch holt sie zurück. Die Augen noch immer bei Leon. Dessen Verwunderung über das, was mit ihm passiert, sie nun deutlich spüren kann. Sie haben wohl beide eigene Gefühle und können doch die des anderen wahrnehmen, erstaunlich. Lulus Herz beginnt zu pochen. Sie ist glücklich. Ihr ganzer Körper kribbelt und sie spürt ein Strahlen in sich. Natürlich kann kein Licht in ihr sein.

Ups. Da funkelt wie ein Stern am Himmel ihr Rumpf plötzlich auf. Sie hat es ganz deutlich gesehen. Überhaupt sieht sie alles viel deutlicher nun, trotz der Dunkelheit. Und hört jedes kleinste Geräusch, sogar Leons tiefe ruhige Atemzüge. Er ist ganz in seiner Sphäre.

Lulu genießt den Duft der Blätter um sie, der ihr jetzt noch intensiver vorkommt. In ihr ist alles in Bewegung. Sie fühlt sich als öffne sich die Welt.

Und eigentlich kann sie kaum noch stillhalten. Aber sie wartet geduldig auf Leon, lässt sich fallen in dieses bewusste Erleben.

So fühlt sich also Glück an. Und in dem Moment glüht sie auf. In einem wunderschönen, hellen Licht.

Leon bemerkt das erst nach einer Weile, so sehr ist er zunächst noch ganz bei sich. Dann aber blickt er auf, ganz tief in Lulus Augen, er sieht sie ja in ihrem Licht.

Und dann erlebt er was kurz zuvor Lulu widerfahren ist. Erst das Finden seiner Liebe für sich selbst und Lulu zugleich. Dann das Glück, das Funkeln. Und schließlich das Leuchten.

Sie lachen los und springen auf. Jetzt erst denken sie wieder an Fred, der voller Freude hinter ihnen sitzt.

Hand in Hand stürmen sie auf ihn zu und umarmen ihn. Und da beginnt auch Fred zu leuchten. Ihr Blatt wippt von dem freudigen Hüpfen auf und ab. Und mit einem Mal purzeln sie hinunter, lachend, Hand in Hand, Lulu in der Mitte zwischen Leon und Fred. Ihre Flügel tragen sie sofort.

Und ohne sich abzusprechen fliegen sie ganz selbstverständlich von Blatt zu Blatt. Umschwirren wie ein Wirbelwind die überraschten Glühwürmchen, die sogleich selbst zu leuchten beginnen und sich von ihren Blättern in die Luft erheben. Die drei sind so schnell, dass die Blätter des Baums durch die auffliegenden Glühwürmchen fast mitzutanzen scheinen.

Irgendwann sind sie alle in der Luft. Und lassen sich treiben im Zauber ihres eigenen Lichts.

Nach einer Weile schickt Fred die beiden alleine los, er ist aus der Puste.

Sie verabreden sich auf ihrem Blatt.

Jetzt aber halten Lulu und Leon einander ganz fest, um sich in dem Wirrwarr nicht zu verlieren. Sie fliegen an die obere Spitze des Schwarms und blicken in die Sterne.

„Wollen wir Sternschnuppe spielen?"

Leon ist immer wieder verwundert über Lulus Abenteuergeist. Aber warum nicht. Sie schauen sich an, halten ihre Hände noch fester.

„Auf drei".

Nicken, nicken – los.

Sie klappen die Flügel ein und lassen sich im Sturzflug durch die Glühwürmchen fallen, die lachend ausweichen. Erst kurz vorm Boden werden Lulu und Leon langsamer.

„Noch mal".

Und „noch mal".

Dieses leichte Kribbeln im Bauch im freien Fall ist zu schön, und zu zweit nochmals schöner.

Aber dann fliegen sie zurück zu Fred. Ohne Worte weiß er, dass die beiden die hellen Lichtkegel durch die Menge waren. Er hat das früher, ganz früher auch gemacht. Bei der Erinnerung seufzt er, ja, manchmal wäre er gerne nochmals jung. Und dann aber wieder auch nicht.
Lulu und Leon bemerken seine zugleich glücklichen und traurigen Augen. Er erzählt immer wieder von damals, von seinen Erlebnissen. Und ein wenig ist es als dürfe er es durch Lulu und Leon ein zweites Mal erleben, nur eben jetzt und selbst älter.

Die beiden sind viel zu aufgeregt, als dass sie sich einfach still zu ihm setzen könnten. Also tanzen sie um ihn herum, stupsen ihn liebevoll an, reißen ihn aus seinen Gedanken.
„Wir lassen dich hüpfen!"
Und ehe Fred etwas sagen kann, lassen die beiden sich aus einiger Höhe im freien Fall zu beiden Seiten auf das Blatt von Fred plumpsen.
Das Blatt wippt nach unten und Fred ist kurz in der Luft.
Durch die Beschleunigung ihres Körpergewichts sind sie zusammen schwerer als Fred. Eigentlich sind Lulu und Leon aber noch eine halbe Portion. Was bei all ihren Abenteuern hilfreich ist, so passen sie durch kleinste Öffnungen und sind auch schwer zu sehen. Dass Fred stattlich gebaut ist, hat durchaus Vorteile. Er ahnt es schon und wandert an die Spitze des Blatts.

Lulu und Leon fliegen auf ein kleines Blatt etwas höher. Lulu stellt sich hinten auf den Blattstängel. Leon stellt sich vor sie und holt tief Luft. Das erste Mal pocht das Herz immer.

Innerlich zählt er „eins, zwei, los!", läuft an, springt mit aller Kraft auf die Blattspitze, lässt sich im leichten Winkel nach vorne in die Luft katapultieren, und kurz bevor seine Fliehkräfte sich umkehren, kugelt er sich ein und beginnt sich um sich selbst zu drehen.

Fred sieht eine leuchtende Kugel auf sich zukommen und schüttelt lächelnd nur den Kopf. Gerade rechtzeitig öffnet sich Leon und landet auf seinen Füßchen. Fred hält ihn fest, damit er nicht vom Blatt purzelt. Bei den allerersten Versuchen sind die beiden jedes Mal beim Aufkommen ordentlich ins Schwanken gekommen und Fred hat die schwindeligen Abenteurer gesichert. Sie mussten sich ans Drehen erst gewöhnen. Inzwischen versuchen sie immer mehr Rotationen pro Sprung zu schaffen.

Leon fliegt zu Lulu, sie tauschen die Plätze, diesmal bildet er das Gegengewicht für ihren Absprung. Und auch sie landet halbwegs sicher auf den eigenen Füßchen direkt vor Fred. So geht es dann noch eine Weile.

Innen

„Kann man dieses Gefühl dieser tiefen inneren Wärme noch intensiver machen?"

Fast wie aus einem Mund gucken Lulu und Leon Fred erwartungsvoll an.

Er wusste, dass auch dies wahrscheinlich heute Nacht kommen würde.

Aber einfach verraten, nein gewiss nicht.

„Was glaubt ihr denn wie es noch intensiver sein könnte?"

„Wenn man noch ruhiger dabei ist", meint Leon.

„Was meinst du mit Ruhe?"

„Na ja, wenn ich dafür selbst nichts tun muss."

„Wenn man sich da reinfallen lassen kann – so wie beim Einschlafen", fügt Lulu an.

„Wir müssten uns also gegenseitig drehen."

„Oder du uns, Fred."

Die beiden drehen sich innerlich schon vor Aufregung um sich selbst.

Und Fred weiß, diese Bewegung in ihnen findet erst Ruhe, wenn sie sich wirklich wie von selbst um sich drehen. Und natürlich ist Fred vorbereitet, es sollte eine Überraschung für die beiden werden.

„Kommt, Kinder!" Mit diesen Worten fliegt er los.

Diese Momente lieben die beiden. Fred hat immer die wunderbarsten Dinge für sie parat.

Es geht quer durch den Baum, entlang von Astgabeln und Winkeln, die Lulu und Leon noch nie erkundet haben. Sie fliegen zumeist hinaus, anstatt sich ins Innere ihres Baums vorzuwagen. Jetzt aber ist die Neugierde größer als ihre Scheu. Außerdem ist Fred ja bei ihnen und weist ihnen den Weg.

Aufmerksam betrachten sie die Blätter und Äste in ihrem eigenen Licht.

Mit einem Mal öffnet sich das dichte Blattwerk und sie sind in einer Art Höhle. Inmitten dieser Höhle hängt etwas. Ein kleiner gerader Ast an zwei langen Strängen. Fred schwebt daneben.

„Setz' dich Lulu – und du Leon komm' zur anderen Seite."

Lulus Herz bubbert, aber sie kann es kaum erwarten was jetzt passiert. Mit ihren Ärmchen wickelt sie sich an den Strängen nach oben ein. Denn irgendetwas sagt ihr, dass sie gleich Halt braucht.

„Leon, du fasst an deiner Seite an und fliegst einfach im Kreis hinter mir her."

Gesagt, getan.

Lulu blickt die sich über ihr umeinanderwindenden Stränge bedächtig an. Für die beiden wird es immer schwerer sie zu drehen. Und langsam ahnt sie, dass sie sich beim Loslassen in unglaublicher Geschwindigkeit um sich selbst drehen wird. Seitlich.

Ihr Blick trifft Freds. Er braucht diesen letzten Funken Sicherheit in Lulus Augen.

„Auf drei lassen wir los, Leon – und du musst so schnell wie möglich nach hinten fliegen. Lulu du musst möglichst stillsitzen."

Beide nicken.

„Eins, zwei, los."

Lulu fliegt regelrecht um ihre eigene Längsachse. Sie schließt die Augen und lässt sich fallen. Ihre Händchen greifen ganz fest, aber es erscheint ihr mühelos.

Danach hat sie gesucht. Dieses Gefühl der absoluten Ruhe in schnellster Bewegung. Ihr Atem wird ganz ruhig, ihr Herz schlägt nun sanft und langsam. Sie ist frei, schwebt, löst sich auf und ist doch ganz da. Bei sich selbst. Sekunden sind wie eine halbe Ewigkeit. Sie streckt ihre

Füßchen von sich, um es noch intensiver zu spüren. Die Luft scheint sie zu tragen.

Irgendwann wird sie ein wenig langsamer.

Lulu verfolgt, wie die Stränge sich entdrehen. Aber anstatt einfach anzuhalten, drehen sie sich in die entgegengesetzte Richtung ein wenig ein. Und drehen sich wieder aus. Und wieder in die andere Richtung. Jedes Mal ein wenig langsamer, bis sie schließlich nur noch einmal zu beiden Seiten hin und her schaukelt.

Leon sieht Lulus glücklichen Blick. Jetzt ist er dran.

Und als die beiden sich irgendwann regelrecht ausgedreht haben, möchte Leon einfach schaukeln. Also fliegen Fred und Lulu gegenüber auf ein Blatt. Ebenso hoch wie Leon bei ihnen auf der Schaukel ankommen wird. Sie schubsen ihn jeweils sanft an.

Und natürlich tauschen sie auch irgendwann. Bis der Abenteuergeist auf noch mehr Neues in dieser Nacht des ersten Leuchtens in ihrem Leben in ihnen durchkommt.

„Los Kinder!"

Mit diesen Worten öffnet Fred eine Blatt-Tür in der Höhlenwand, und die drei sausen durch das Geäst bis sie plötzlich wieder mitten im Freien in der Dunkelheit der Neumondnacht sind.

Die Entdeckung der Welt

Sie sind auf der anderen Seite des Baums herausgekommen, wo man Lulu & Leon geheißen hat nicht hinzufliegen. Aber nun ist Fred ja bei ihnen.

Und schon schießt ein Nachtfalter auf sie zu. Fred schubst die beiden gerade rechtzeitig zur Seite.

„Er wird von unserem Licht angezogen. Weiter Kinder, so schnell ihr könnt hinter mir her, bis wir aus deren Fluggebiet raus sind."

Fast im Sturzflug lässt Fred sich bis kurz über den Boden fallen, um hier dann mit unglaublichem Tempo in Richtung einiger Blumen zu fliegen. Auf der Rückseite einer Blüte macht er halt, völlig aus der Puste, das ist nicht mehr so leicht auf seine alten Tage.

Lulu und Leon blicken ihn verschmitzt an.

„Wir wussten gar nicht, dass du so schnell bist."

„Und dass du den Sturzflug so draufhast."

„Und ihr wisst noch nicht, welche Farben- und Blütenpracht euch hier erwartet."

Schwups sind die beiden wieder in Luft, schweben zur Vorderseite der Blume. Wahrlich, das hätten sie sich nicht träumen lassen. Und so fliegen sie von Blume zu Blume, von Stein zu Stein, zwischen den Gräsern umher. In ihrem hellen Licht erscheinen die Farben noch klarer und reiner als sonst.

Die Begegnung

Plötzlich entdeckt Lulu ein Licht durch die Gräser. Es ist anders als die Sterne. Und auch anders als ihr Licht, oder das von Leon oder Fred. größer, und irgendwie gelblicher.

„Gibt es noch andere Glühwürmchen?", fragt sie verwundert.

„Nein", sagt Fred, „das ist das Licht der kleinen Menschen. Es ist ihr Nachtlicht, damit sie sich im Dunkeln nicht fürchten und ruhig schlafen."

Lulu und Leon schweben längst weit über dem Gras um besser sehen zu können. Und Fred spürt an ihrem Flügelschlag, dass sie auch für diesen Ausflug heute Nacht schon bereit sind.

Also erhebt er sich in die Lüfte und gleitet ihnen voran bis zum Fenstersims vor dem Licht.

Es ist eine kleine, runde Kugel. Sanft scheint sie auf das Gesicht eines kleinen Jungen, in dessen Arm ein Eisbär liegt, fest an ihn dran gedrückt.

„Ich dachte Eisbären wären viel größer. Und so erdrückt er ihn ja, er kann gar nicht atmen."

Fred hatte ihnen ganz viele Tiere im Laufe der Zeit aufgemalt und von ihnen erzählt.

„Aber nein, Leon, das ist ein Kuscheltier. Die Menschen bauen die Tiere nach, aus einem samtig weichen Stoff, damit sie mit ihnen spielen können. Und die kleinen Menschen haben meist eins besonders gern. Dieser Junge hier liebt seinen kleinen Eisbären. Für ihn ist es mehr als ein

Tier aus Stoff. Für ihn ist der kleine Eisbär eine Art Freund, der zu ihm gehört."

„Dürfen wir ihn uns ansehen?"

Ehe Fred antworten kann, sind die beiden schon durch den Fensterspalt durchgeklettert und landen im weißen Fell. Sie toben und hüpfen darin, erkunden die Ohren, die Schnauze, die Augen. Und irgendwann setzen sie sich nebeneinander direkt vor die geschlossenen Augen des kleinen Jungen. Sie bewegen sich. Er träumt.

Und dann macht er sie auf. Lulu und Leon zucken erschrocken zurück. Aber der kleine Junge rührt sich nicht, sondern lächelt sie nur ganz sanft an.

„Wie heißt ihr?"

Ups, er kann sprechen, genauso wie sie.

„Lulu."

„Leon."

„Und das ist Fred."

Leon zeigt hinter sich, wo auch Fred es sich gemütlich gemacht hatte.

„Ich weiß", sagt der kleine Junge. „Fred ist oft nachts bei mir. Er hat mir schon von euch erzählt. Auch, dass ihr vielleicht eines Nachts zu Besuch kommt. Weil eigentlich sollte ich Fred noch gar nicht sehen..."

Fred schüttelt den Kopf – und der kleine Junge weiß ‚Geheimnis'.

„Ich heiße übrigens Momo."

Lulu und Leon sind sprachlos.

„Wieso kennst du unsere Sprache?", will Leon wissen.

„Ich weiß es nicht", antwortet Momo.

„Aber Fred hat mir erzählt, dass alle Kinder eure Sprache sprechen, wenn sie zur Welt kommen. Und so wie ihr heute Nacht euer Leuchten entdeckt habt, tun wir das wohl auch irgendwann. Aber wir leuchten dann nicht in echt, es ist mehr eine tiefe innere Wärme. Wenn ich das erste Mal meine Liebe für mich selbst spüre. So wie jetzt für Mama. Oder Papa. Oder Oma. Oder Opa. Erst wollte ich ihm das nicht glauben, genauso wenig wie dass es euch gibt. Nun seid ihr allerdings da. Vielleicht stimmt das Andere ja dann auch."

Momos Fingerchen wandert vorsichtig bis vor Lulu und Leon. Dort legt er es sanft ab. Die beiden fassen sich an den Händen und klettern auf Momos Fingerkuppe. Er hebt sie ganz vorsichtig an und führt sie bis kurz vor seine Augen.

Lulu und Leon spiegeln sich in seinen großen Pupillen.

„Darf ich auf deine Nase klettern?"

„Na klar."

Momo lacht, es kitzelt ein wenig als Leon mit seinen Füßchen seine Nasenspitze berührt.

„Ist Leon schwer?", will Lulu wissen. „Nein gar nicht, du darfst gerne hinterher."

Gesagt, getan.

Und Fred betrachtet dieses Schauspiel von seinem gemütlichen Platz aus.

Lulu und Leon wandern über Momos ganzes Gesicht, er hält ganz still.

Zurück auf seiner Fingerkuppe seufzt Momo.

„Würden die Großen mir doch nur glauben, wenn ich von euch erzähle. Aber Fred meinte, die meisten von ihnen hätten das Leuchten in sich verloren und vergessen. Ich weiß gar nicht wie ich euch drei jemals vergessen könnte."

Lulu und Leon sind plötzlich auch ganz traurig, sie können Momo nur zu gut verstehen. Was sie heute Nacht für sich gefunden haben, wollen sie nie wieder missen. Und wie glücklich sie sind, einander und Fred zu haben. Zu dritt leuchten sie viel heller.

„Wir können dir bestimmt helfen uns nicht zu vergessen und das Leuchten in dir, hast du es einmal entdeckt, immer zu bewahren."

„Klar tun wir das, nicht wahr Fred?!"

Fred nickt.

„Ja, manchmal haben wir diese Gabe, wenn wir auf Menschen mit diesem Funken in sich treffen. Und Momo hat ganz gewiss diesen Funken in sich. Das habe ich vom ersten Augenblick an gespürt."

Langsam begreift Lulu, dass Fred sie nicht zufällig an die Stelle im Gras vorhin geführt hat. Sie sollten Momo entdecken, oder erst einmal das Licht in seinem Fenster.

Momos Welt

„Soll ich euch mein Zimmer und meine Spielsachen zeigen?"

„Au ja!" Wie aus einem Mund.

Vorsichtig richtet Momo sich auf, die Hand mit Lulu und Leon achtsam vor sich gestreckt, in der anderen fest sein Eisbär. Fred purzelt in die

Luft und fliegt nebendran mit. Momo lässt sich sanft vom Bett gleiten und tapst auf Zehenspitzen zu seiner Holzeisenbahn.

„Wollt ihr mitfahren?"
Das lassen Lulu und Leon und auch Fred sich nicht zweimal sagen. Jeder sucht sich einen eigenen Waggon aus. Und los geht es. Quer durchs Kinderzimmer, in das das Schienennetz bis in den letzten Winkel gebaut ist. Da ist ein großes Parkhaus mit vielen Autos. Dann eine Truhe voller Kuscheltiere. Schließlich Berge von Lego. Bauklötze. Bücher. Ein Kleiderschrank. Ein kleiner Tisch mit Stuhl und Malsachen. Und an den Wänden hängen Bilder. Auch eins von einem echten Eisbären. Lulu und Leon kommen aus dem Staunen nicht raus. Eine Welt voller Farben und Formen, wie ihre, und doch ganz anders. Eine zum Träumen, eine zum Spielen, eine für Abenteuer, eine, in der man spürt, dass jemand aus einer tiefen, inneren Wärme heraus Momo ein kleines Reich geschaffen hat, in dem er sich jetzt so ganz zuhause fühlt.

„Hast du denn keine Angst so alleine?"
Leon spürt wie unwohl er sich doch ohne Lulu in seiner Nähe fühlen würde.
„Nein, ich habe ja Lars, meinen Eisbären. Außerdem guckt Fred jede Nacht nach mir. Und jetzt seid ihr auch noch da."
Momo guckt in das Licht auf seiner Fensterbank.
„Und irgendwie beschützt mich das Licht."

Lulu und Leon blicken ihre leuchtenden Körper an. Sie verstehen Momo nur zu gut, und jetzt spüren sie noch deutlicher das Glück über den Zauber dieser Nacht.

Als teilten sie sich eine Gedankenblase beschließen sie zugleich Momo mit ihrem Licht zu beschützen und ihn auf seinem Weg zu begleiten, sein Leuchten und sie niemals zu vergessen.

Momo ist zurück ins Bett geklettert und kuschelt sich mit seinem Eisbären unter die leichte Sommerdecke.

Lulu und Leon, gefolgt von Fred, fliegen zu ihm.

„Jetzt hast du auch unser Licht noch, das dich beschützt."

Momo fallen die Augen zu.

„Ich weiß, ich spüre es."

Und sogleich sinkt er in einen tiefen Schlaf.

Die drei sitzen noch eine Weile ganz still da, ehe sie sich mit einem Kopfnicken zum Losfliegen verständigen. Auch sie werden bald zu Bett müssen, langsam spüren sie die aufsteigende Müdigkeit.

Sechs Sekunden

„Wie kann ich Momo so lieb gewinnen in dieser kurzen Zeit? Ich kenne ihn doch eigentlich gar nicht..."

Lulu bleibt in der Luft stehen.

Es ist ihr schwer ums Herz, wegzufliegen.

„Könnten wir uns nicht hier einen Platz suchen?"

Auch Leon spürt den Wunsch in der Nähe des kleinen Jungen zu bleiben.

„Aber werdet ihr denn kein Heimweh haben?"

Fred hat selbst schon etliche Male hier geschlafen, sein kleines Versteck ist gewiss groß genug für drei, na ja, einen und zwei halbe Portionen.

Fest eingekuschelt halten die Gedanken Lulu wach.

„Kann man sofort lieben, Fred? Gleich als ich Momo gesehen habe, war da dieses Gefühl, wohlig warm, tief in mir drinnen."

„Ja, ganz, ganz selten passiert das. Es sind die sechs Sekunden des Glücks – aber nun kleine Lulu schließ' deine Augen und schlaf', ich erzähle euch morgen davon."

Was Fred verspricht, hält er. Die beiden schlafen tief und fest ein. Und auch Fred findet schnell ins Reich der Träume.

Erwachen im Licht

Die warmen hellen Sonnenstrahlen wecken Momo sanft. Mit geschlossenen Augen sieht es fast aus wie das Leuchten von Lulu, Leon und Fred letzte Nacht. Momo lächelt und erinnert sich an die Zugfahrt und die Unterhaltung mit ihnen. Er drückt seinen Eisbären ganz fest an sich. Es ist ihr Geheimnis. Vorerst zumindest. Ein glücklicher Seufzer, sie sind so klein und leuchten so wunderbar.

Und kaum hatte er sie erblickt letzte Nacht, war da diese tiefe, innere Wärme in ihm. Sie schienen mit einem Mal so viel heller. Er hätte sie gerne ganz fest an sich gedrückt, so wie mit Mama und Papa. Aber sie sind so federleicht, dass er ihr Gewicht noch nicht einmal spüren kann. Nur das leichte Kribbeln ihrer Füßchen auf der Haut.

Wie zärtlich er doch durch diese Wärme in sich sein kann. Er streichelt sanft durch das Fell seines Eisbären.

In dem Moment geht die Tür auf, Momos Mama setzt sich an sein Bett. Wie jeden Morgen blicken sie einander eine Weile einfach an, jeder ganz in den eigenen Gedanken. Sie wartet geduldig bis er seine Hände nach ihr ausstreckt. Jetzt darf der Tag für Momo beginnen.

Doch heute Morgen setzt Momo sich zum Erstaunen seiner Mama selbst auf. Und dann ist sie noch überraschter. Er kommt zu ihr, der Eisbär fest in einer Hand, und nimmt sie ganz fest in den Arm. Sie legt ihre Arme um ihn, streichelt über seinen Rücken, das mag er. Sein Kopf ruht zur Seite gedreht auf ihrer Schulter, die Augen wieder zu. Momo ist überglücklich.

Und während er sein Herz leicht bubbern spürt, wird ihm auf einmal klar, dass er seiner Mama noch nie von Fred, na ja und jetzt eben von Lulu, Leon und Fred erzählt hat. Sie brauchen fast keine Worte um einander zu verstehen.

Und dabei ist sie wohl die einzige, die ihm bestimmt glaubt. Sie hat ihm ja auch das Licht aufgestellt und schaltet es jeden Abend für ihn an, wenn sie ihn zu Bett bringt. Oft legt sie sich zum Einschlafen neben ihn, damit er in dieser tiefen inneren Wärme ins Reich der Träume wandern kann.

Wird er nachts wach, wandert er zu ihr ins Bett. Er kennt ihre Schlafpositionen. Am liebsten legt er sich auf ihren Rücken, der Länge nach. In letzter Zeit schläft er allerdings manchmal in seinem Bett durch. Und dann kommt sie wie jetzt zu ihm zum Aufstehen.

Momo hält sie so fest, dass sie mit ihm auf dem Arm aufsteht und in die Küche geht.

Sein Morgenbrei und Milch für ihn, Milchkaffee für sie. Die anderen Großen meinen, er sei zu groß für Brei.

Seine Mama aber weiß, dass man für das wohlig warme Gefühl des vertrauten Morgenbreis nie zu alt ist.

Wenn sie ihn vom Kindergarten abholt, hat sie immer eine leckere Kleinigkeit für ihn dabei, der verspätete Nachtisch vom Mittagessen. Und abends schneidet sie ihm das Leberwurstbrot in kleine Quadrate, wenn er möchte. Natürlich kann er selbst abbeißen, aber darum geht es dabei nicht.

Sie lässt ihm auch sein Fläschchen. Schon lange ist da nur noch Wasser drin wegen der Zähne. Aber sie meint, da er nie einen Schnuller hatte, sei das okay, wenn er es manchmal haben möchte. In letzter Zeit scherzen sie oft darüber. Und meistens steht das Fläschchen nur da und Momo trinkt aus einem Becher.

Momo hat verträumt sein Köpfchen auf seinen Eisbären gelegt. Erst das sanfte Streicheln seiner Mama über seinen Kopf holt ihn zurück.

Und da ist auch schon der Löffel vor seinem Mund. Er muss nur noch aufmachen. Nach den ersten Happen nimmt Momo seinen Löffel selbst.

Er blickt seine Mama an, während sie verträumt ihren Kaffee trinkt. Vielleicht muss er ihr von Lulu, Leon und Fred gar nicht erzählen, weil sie es weiß, weil sie die drei und ihren Zauber nie vergessen hat. Wobei es wohl nicht seine Lulu, Leon und Fred waren, die des Nachts zu seiner Mama kamen.

Aber jetzt geht es erst einmal auf in den Kindergarten. Dort warten bestimmt schon seine zwei besten Freunde auf ihn. Mit ihnen versteht er sich auch ohne Worte. Erzählen tun sie nur, wenn sie alleine sind. Aber das weiß keiner.
Deswegen meinten die Erzieherinnen eines Tages beim Abholen, Momo würde nicht richtig hören.
Seine Mama hat gelacht.
„Pustekuchen, der hört bestens, tanzt zur Musik, summt die Melodien meiner Sätze, antwortet mir mit einzelnen Tonfolgen. Vielleicht braucht er einfach nicht zu reden, ihm fehlt dann wohl nichts."
Seitdem wartet Momo bis er mit seiner Mama alleine ist und erzählt ihr dann vom Tag. Oder sie erzählen einfach so.

Es ist nicht so, dass seine Mama nicht auch manchmal „nein" oder „genau hier ist Schluss" oder „nicht noch mal, okay?!" sagen würde. So auch, als die Erzieherinnen vor kurzem recht ernst von ihrem Nachmittagsabenteuer berichteten.

Momo hatte sich mit seinen beiden Freunden aus der Gruppenveranstaltung unbemerkt verabschiedet. Der große Spielraum war neu dekoriert worden. Den drei Jungs gefiel das allerdings so gar nicht. Also schafften sie die großen Bauklötze und andere flugfähige Spielsachen auf die Holzbrücke mitten im Raum. Von hier warfen sie auf die an der Decke montierten Stoffbahnen so viele Gegenstände bis diese durch das Gewicht herunter kamen.

Dass sie fehlten, fiel den Erzieherinnen erst auf, als sie längst fertig waren. Ärger gab's reichlich.

Und Momos Mama hörte sich die Geschichte geduldig an, konnte das Lachen kaum unterdrücken. Ihre einzige Gegenfrage war nur, warum es so lange gedauert hätte, bis jemand das Fehlen der drei bemerkt hätte, das sei nicht okay.

Die Erzieherinnen blickten erschrocken drein und damit war das Thema ein für alle Mal ad acta gelegt.

Draußen lachten sie zusammen über die ganze Geschichte. Seine Mama vertraut Momo. Sie weiß, dass er vorsichtig genug ist, dass er und seine Freunde sich dabei nicht wehtun oder in Gefahr bringen.

Trotzdem sagt sie „ich kann euch verstehen, das war echt etwas eigenwillig dekoriert. Aber so etwas macht ihr nicht noch einmal, ja?!"

Momo nickt.

„Wessen Idee war das eigentlich?"

Momo grinst übers ganze Gesicht, seine Augen funkeln.

„Na klar, wie sollte das auch anders sein. Du bist ja mein Kind."

Ja, das ist er – und in diesem Augenblick ist Momo sich sicher, seine Mama hat ihre Lulu, Leon und Fred nicht vergessen.

Damals und heute

Leon wird von einem leichten Kitzeln geweckt. Verschlafen reibt er sich die Augen. Lulu lehnt sich quer über Freds Bauch zu ihm.

„Aufstehen, du Schlafmütze."

Sie schaut ihn an.

„Momo?!"

Vielleicht hilft das.

Oh ja, mit einem Mal ist Leon hellwach. Dabei hat er vergessen, dass sie ja nicht zuhause geschlafen haben und stößt sich den Kopf. Die beiden klettern raus, Fred hinter ihnen her.

Natürlich hat Fred hier auch längst die besten Stellen für ein stärkendes Frühstück und Wasser gefunden. Gesättigt machen sie sich auf den Weg.

Noch ist es hell, und Leon ist sich intuitiv sicher, dass es dunkel sein muss, ehe sie leuchten können.

„Können wir unser Leuchten jetzt eigentlich selbst anschalten? Und dann, wenn wir es wollen?"

„Dann könnten wir es etwa auch ausschalten?", will Lulu zudem wissen.

„Ja, so ist es. Und ich bin mir sicher, ihr werdet es später selbst herausfinden. Jetzt aber sollten wir noch ein paar wärmende Sonnenstrahlen einsammeln. Genau auf der anderen Seite von Momos Nachtlicht steht die Sonne jetzt."

„Woher weißt du das?", will Leon im Flug wissen.

„Die Menschen haben einen Spruch:

Im Osten geht die Sonne auf,

Nach Süden nimmt sie ihren Lauf,

Im Westen wird sie untergeh'n,

Im Norden ist sie nie zu seh'n.

Momos Zimmer ist entlang der Himmelsrichtungen gebaut.

Sein Nachtlicht steht im Osten, morgens löst die Sonne es also ab.

Sein großer Spielteppich liegt in der Süd-Sonne.

Und seine Leseecke für die Gutenachtgeschichte ist nach Westen ausgerichtet.

Die Tür zur restlichen Wohnung zeigt nach Norden."

Wie herrlich warm das Fenstersims doch jetzt ist. Lulu und Leon strecken ihre Flügelchen, Ärmchen und Beinchen von sich. Nur ihre Fingerkuppen und Zehenspitzen stupsen aneinander. Sie schließen die Augen. So darf es ewig bleiben.

Erst Momos Stimme holt sie aus ihren Tagträumen zurück.

„Wer ist das bei Momo?"

„Seine Mama."

Lulu und Leon betrachten die beiden neugierig.

Momos Mama steigt vorsichtig über die Holzeisenbahnwelt, bringt mit Momo die Züge in die Garage für die Nacht, setzt alle Kuscheltiere mit ihm ordentlich hin und hilft ihm beim Schlafanzuganziehen. Sie sitzen direkt vor Lulu und Leon am Fenster, auf dem Gutenachtgeschichten-Platz.

Jede Bewegung wirkt vertraut, kaum ist das Oberteil über Momos Kopf, streckt er den Arm durch die Ärmel, ganz ohne hinzuschauen. Der Eisbär wandert von einer Hand in die andere. Dann steht er auf, Hose aus, Schlafanzughose an, seine Hand auf der Schulter seiner Mama. Er blickt in Lulus und Leons Richtung. Aber noch sieht er sie nicht.

„Jetzt werden die Tage wieder kürzer, letzte Nacht war die Sommersonnenwende. Du bist kurz nach der Sommersonnenwende geboren."
Momo blickt seine Mama an.
„Dann werde ich drei. Ich möchte einen Kuchen mit Schokolade."
„Den backe ich dir. Noch eine Geschichte vorm Einschlafen?"
„Eine von dir."
Momo mag es am liebsten wenn seine Mama erzählt.

„Meine Oma hatte früher einen wunderbaren Regenschirm. Der war durchsichtig. Und im Sommer, wenn es so herrlich warm war wie jetzt, dann gab es in dem Dorf mit dem Ferienhaus von Oma und Opa manchmal richtig Regen. Das Dorf liegt nämlich im Tal. Und dann sind wir, mein Spielkamerad und ich, unter dem Regenschirm nach draußen gelaufen, um den Regen richtig zu sehen. Das durften wir aber nur, wenn kein richtiges Gewitter war. Denn Blitze sind gefährlich, wenn man etwas aus Metall bei sich hat.
Eines Tages sind wir mitten im Regen unter dem Regenschirm losspaziert. Immer weiter, einfach aus dem Dorf raus. Und kaum war der Regen vorbei, brach die Sonne durch die Wolken, vertrieb sie und trocknete alles in Windeseile.

Aber jetzt hatten wir unseren Regenschirm dabei, den wir ja eigentlich nicht mehr brauchten.

Während wir am Fluss Steine flitschten, hatten wir plötzlich die Idee, den Regenschirm als Boot zu nutzen.

Er war ja riesengroß.

Und außerdem schön tief, wir würden vielleicht wirklich darin auf dem Wasser schwimmen können.

Also Schuhe und Strümpfe aus und rein ins Wasser, bis es uns kurz über die Knie ging.

Du zuerst, meinte mein Spielkamerad.

Nein du zuerst, erwiderte ich.

Schließlich beschlossen wir gegenüberstehend gleichzeitig einzusteigen.

Und kaum waren wir drinnen, sanken wir immer tiefer und tiefer, und dann lief das Wasser einfach zu uns in das Innere des Regenschirms rein. Wir hatten ja kein Luftkissen wie bei einem Schlauchboot unter uns.

Und dann machte es wupps. Die Spitze vom Regenschirm war in den Steinen unten angekommen. In dem Moment schubste uns die Strömung um.

Kaum waren wir wiederaufgetaucht, konnten wir den Regenschirm gerade noch vorm Davonschwimmen retten. Lieber einen kaputten als gar keinen mit nach Hause bringen...

Also sind wir plidder-pladder-nass mit Socken und Schuhen in den Händen nach Hause losspaziert. Bis dahin waren wir wieder fast trocken.

Erstaunlicherweise war meine Oma gar nicht richtig sauer über den kaputten Regenschirm. Also erzählten wir ihr von unserem Bootsversuch. Da wir aber beide nicht richtig schwimmen konnten, mussten wir ihr versprechen, so etwas nie wieder zu tun – und schon gar nicht alleine mit einem richtigen Boot auf den Fluss zu gehen. Wir versprachen es. Und dann gab's Kuchen zum Kaffeetrinken."

Momo ist auf dem Schoß seiner Mama leicht eingenickt, sie trägt ihn ins Bett und kuschelt ihn ein bis er ganz tief schläft.

Lulu und Leon haben gespannt zugehört. Sie mögen es wie Momo, wenn sie Geschichten von früher von den Großen erzählt bekommen, besonders von Fred.

„Du bist dran für uns." Lulu stupst ihn sanft an.

„Du wolltest uns immer mal erzählen wo du herkommst. Und auch warum du hier alleine bist. Hast du denn keine Kinder, und Enkelkinder, und Urenkelkinder?"

Leon blickt Fred erwartungsvoll an.

„Wisst ihr, Kinder", beginnt Fred, „ich war ein wenig wie ihr beiden, neugierig und abenteuerlustig, und wollte am liebsten in einer Nacht die ganze Welt erkunden, kaum hatte ich mein Leuchten entdeckt. Mit zwei guten Freunden zog ich los. Wir erkundeten die Umgebung, ließen uns vom Wind treiben, brachten die Blumen zum Leuchten – bis wir eines Tages bis an die Häuser der Menschen vorgedrungen waren.

Wir kannten die Geschichten von den Kindern, die in ihrer Unschuld mit uns sprechen und spielen konnten. Und wir besuchten sie allesamt immer wieder.

Eines Nachts aber war ein weiteres Kind da, schon einige Monate alt. Ein kleines Mädchen. Kaum hatte es uns erblickt, setzte es sich in seinem Bettchen auf und machte eine kleine glatte Stelle auf seiner Decke, damit wir gut landen konnten. In diesem Moment habe ich in die funkelndsten Augen geschaut, die ich je gesehen habe. Es strahlte vor Glück und meinte, „ihr leuchtet wie die Sterne am Himmel, nur noch schöner, weil ihr direkt bei mir seid. Habt ihr auch einen Namen? Ich heiße Lily."

„Und wir sind Fred, Flo und Fynn."

Lily lachte, ‚Fred wie frech, Flo wie froh und Fynn wie Sinn.'

Ein frecher Frohsinn war auch Lily vom ersten Augenblick an."

Lulu bemerkt das kurze Aufleuchten von Fred, obwohl es noch hell ist.

„Du hast Lily sofort ins Herz geschlossen, so wie Leon und ich Momo gestern. Du weißt also wie es sich anfühlt, wenn es eigentlich nicht sein kann und doch ist."

„Ja, das sind die sechs Sekunden des Glücks."

„Die sechs Sekunden des Glückes?" Leon guckt Fred überrascht an.

„Aber ich bin doch viel länger glücklich, eigentlich fast immer." „Ja, du für dich", entgegnet Fred, „aber erinnerst du dich wie das Leuchten gestern plötzlich in dir da war?"

Leon nickt, „aber, dass ich Lulu liebe, ist doch schon immer so, sie ist ja solange da wie ich. Und du auch. Ich kenne euch gut. Und habe es einfach nochmals neu gespürt. Jetzt fühle ich es nicht nur, sondern weiß es auch."

„Siehst du, und du sprichst das erste Mal von Liebe. Du kennst das Wort, weil du bewusst erlebt hast, wie ein anderes Wesen in deine

Sphäre eingetreten ist. Mit wem und wann das aber passiert, kannst du nicht beeinflussen.

Manchmal geschieht es erst nach Jahren, manchmal ist es vom ersten Augenblick einer Begegnung an da.

Letzteres ist ganz selten und ereignet sich nur, wenn beide einen Funken des ewigen Lichts in sich tragen. Aber immer sind es die sogenannten sechs Sekunden des Glückes."

„Warum nennt man die so?" will Lulu wissen.

„Habt Geduld, Kinder, auch das werdet ihr in der Geschichte von Lily erfahren.

In jener ersten Nacht war Lily noch so klein, dass sie sich zwar aufsetzen und krabbeln, aber noch nicht alleine aus ihrem Bettchen raus konnte. Also erzählte sie von allem im Zimmer und wir flogen zur Erkundung hin, der große Spiegel, die Uhr, die Bilder und ganz viele andere Sachen. Auch erklärte sie uns, wie wir durch Schlüssellöcher kämen, woran man hörte, dass jemand kommt usw., es war herrlich. Von da an flogen wir jede Nacht zu ihr, entweder auf dem Weg von oder zu einem anderen Kind.

Irgendwann war Lily ganz traurig. Am nächsten Tag würden sie wieder wegfahren. Aber ihre Oma und ihr Opa hatten gesagt, dass sie auch wiederkäme.

Und so war es dann auch. Lily kam und fuhr immer wieder. Jedes Mal war sie ein Stück gewachsen und konnte mehr Dinge. Die Nächte mit ihr wurden immer abenteuerlicher.

Als ihr dritter Geburtstag näher rückte, waren wir es, die plötzlich traurig wurden. Dann würde sie uns vergessen. Aber sie lachte nur:

‚Ich euch vergessen? Nie! Mein Uropa weiß auch, dass es euch gibt. Und wenn er euch nicht vergessen hat, so uralt wie der ist, werde ich das auch nie tun.'

Ich erinnere noch heute wie Lily uns ganz ruhig und konzentriert anschaute.

‚Er ist so uralt, dass er mir von euch erzählt hat. Er kennt das Licht. Und er meint, dass er mich so sehr lieben würde und so glücklich sei mich zu haben, dass seins nun durch mich weiterleben würde. Bis ich das Licht eines Tags ganz uralt an ein kleines Kind weitergebe. Dadurch ist es das ewige Licht.'

Und wirklich, wir flogen bei Lilys Urgroßvater vorbei, er wusste wer wir waren, nicht mit Namen. Kaum hatte er uns erblickt, schaute er unserem Treiben vor ihm eine Weile zu, stand dann aber auf und öffnete für uns das Fenster.

‚Raus mit euch und auf zu Lily, sie ist es, die euch jetzt braucht, um den Zauber der Welt und des Lebens ganz in sich einzuschließen, um ihn nie zu vergessen. Gebt mir gut Acht auf sie, wenn ich es nicht mehr kann.'

Wir purzelten vor Schreck fast aus der Luft, wie konnte ein großer Mensch mit uns sprechen.

‚Ja, ihr hört richtig, kurz bevor wir uns aus dem Leben verabschieden, können jene von uns, die euch nie vergessen haben, wieder mit euch erzählen. Und deswegen weiß ich, dass meine Zeit recht bald gekommen ist.'

Und so kam es dann auch. Lily wurde drei, zwar kann sie seither nicht mehr mit uns sprechen, aber sie spürt uns, und sie weiß, dass wir da sind. Wir sind der Funke des ewigen Lichts in ihr.

Ehe ihr Urgroßvater wirklich für immer einschlief, sprach er noch einmal mit ihr. Jetzt lebt er in ihr weiter."

Inmitten der Geschichte bricht die Dunkelheit herein.

Weiter geht's des Nachts im Licht

Fred leuchtet sofort.

Lulu und Leon betrachten beide erwartungsvoll ihren Rumpf.

„Leon, schau mich an!"

Und kaum treffen sich ihre Blicke, spüren sie diese tiefe innere Wärme und leuchten auf.

„Das ist es, an jemanden denken, den man liebt!"

Leon strahlt übers ganze Gesicht.

Und schon sind sie auf dem Weg zu Momo, der tief und fest schläft, seinen Eisbären fest umarmt.

Lulu, Leon und Fred landen in einiger Entfernung zu seinem Gesicht um ihn mit ihrem Leuchten nicht zu wecken.

„Wenn er in die Traumphase kommt, wird er uns irgendwann sehen und ganz von selbst wach werden. Bis dahin sind wir ganz still", flüstert Fred und legt seine Flügel sanft um Lulu und Leon.

Und tatsächlich, nach einer Weile lächelt Momo im Schlaf und seine Augen bewegen sich hinter den geschlossenen Lidern. Mit einem tiefen Luftzug macht er sie plötzlich auf.

„Da seid ihr ja, ich wusste, dass ihr kommt."

Und schwups sitzt Momo hellwach in seinem Bett. Er strahlt übers ganze Gesicht und hält seine Händchen vor seinen Mund um den Freudenschrei nicht zu laut werden zu lassen. Und so knüpfen die vier an der Erkundung von Momos Zimmer in der letzten Nacht an. Er zeigt ihnen seine Lieblingsbücher, Geschichten von Lars dem Eisbären. Seine Stifte und Bilder an seinem Tischchen. Er liebt die Farben und komponiert sie einfach wie er es fühlt auf dem Papier.

Manchmal darf er mit Wasserfarben in der Küche mit den Fingern malen, eine richtige Farbenschlacht machen. Danach steht alles unter Wasser. Seine Mama hebt ihn irgendwann einfach in die Badewanne, legt seine Kunstwerke zum Trocknen aus und faltet die großen Plastiktüten darunter zusammen. Die Klamotten kommen sofort in die Waschmaschine und die Händchen werden gewaschen. Alles wieder sauber.

„Wenn ihr hinter das Blatt fliegt, leuchtet es von vorne."
Und während sie mit Momos Bildern spielen entdeckt Leon plötzlich ein Funkeln weiter hinten.
Er fliegt direkt vor Momos Augen, so dass dieser gar nicht weiß mit welchem Auge er Leon fixieren soll. Und dabei entdeckt er selbst das Funkeln.
„Kommt, ich zeige es euch. Das hat meine Mama für mich gebaut, als ich ganz klein war."
Momo nimmt seinen Eisbären von seinem Schoß und klemmt ihn unter einen Arm, um beide Hände frei zu haben. So spielt er auch den ganzen Tag im Kindergarten.

Lulu, Leon und Fred umfliegen die vielen, kleinen, hängenden Stofftiere, in deren Mitte etwas das Funkeln hervorruft. Ein riesengroßes Mobile zum Spielen. Von unten sieht es aus wie eine runde Pyramide. Oben ist ein ganz großer Holzreif, eigentlich zum Einspannen von Stoff zum Sticken gedacht, dann ein mittelgroßer, schließlich ein kleiner. An bunten Bändern hängen Bär, Elefant, Affe, Löwe, Frosch, Eisbär, Elch, Hase und viele andere Kuscheltierchen. Ganz unten ist eine Maus an ihrem langen Schwanz befestigt.

Wenn Momo die zu packen bekam damals, konnte er die ganze Tierwelt zum Tanzen bringen. Und dann begannen jene kleine Glas- und Metallelemente um einen Glasdelphin herum im Sonnenlicht zu funkeln und wunderbar zu klingen. Und während Momo erzählt, so wie seine Mama es ihm erzählt hat, denn er war noch keine fünf Monate als er dieses Mobile bekam, tanzen Lulu und Leon mit den Lichtreflexen in den Glasperlen und auf den Metallstäbchen.

„Es macht Töne?"

Wieder ist Leon so nah an Momos Augen geflogen, dass dieser ihn nicht wirklich sehen kann.

„Klar."

Und schon lässt Momo die Maus im Takt tanzen, ganz vorsichtig, damit Lulu sicher aus der Mitte der Klangkörper zu ihnen herausfliegen kann. Fred dagegen purzelt fast vom Kopf des Elefanten von wo er Momo gelauscht hat.

Kaum ertönen die ersten Klänge, sind Lulu und Leon in der Luft und tanzen. Momo greift ihre Bewegungen auf und lässt die Maus und damit das ganze Mobile in ihrem Rhythmus schwingen.

Jetzt gibt es nur noch die drei, und Lars den Eisbären natürlich, sie vergessen die Welt und lassen sich fallen in den Zauber von Lichtern, Klängen und ihrer Bewegung in perfekter Harmonie, auch miteinander. Fred spürt diese unglaubliche Wärme für sie in sich und schaut einfach zu.

Und so haben sie nicht bemerkt, dass Momos Mama der Melodie des Mobile-Herzens ebenfalls gefolgt ist. Irgendwann legt sie ihre Hand sanft auf Momos Kopf.
„Na du kleine Nachteule, tanzen die Glühwürmchen mit dir?"
Momo strahlt sie an.
„Ich mache dein Licht im Fenster aus, dann funkeln sie noch schöner."
Ohne seinen Takt zu stören hebt sie Momo an und nimmt ihn auf den Schoß.
„Weißt du, dass Glühwürmchen zu einem kommen, ist ganz selten. Aber dann sind sie zutraulich. Als ich klein war und mit Oma und Opa im Sommer im Landhaus war, bin ich oft abends zu ihnen ganz hinten im Garten gegangen. Sie sind mir dann bis ans Haus gefolgt. Und nachts kamen sie zu mir durchs Fenster."
Momo ist durch die sanfte Stimme seiner Mutter wieder leicht eingenickt. Das Mobile schwingt leise aus.

Lulu und Leon fliegen ganz nah heran. Ohne zu wissen warum, wollen sie das Gesicht von Momos Mama einmal im Zauber ihres Lichts sehen. Ihre Augen ruhen auf Momo, der langsam immer tiefer einschlummert.

Erste Erkenntnis

Nach einer Weile blickt Lily auf, direkt zu Lulu und Leon. Die beiden purzeln fast aus der Luft. Da ist es, dieses unglaubliche Funkeln und Strahlen in ihren Augen, von dem Fred vorhin sprach.

„Sie kann uns nicht hören."

Fred ist zu den beiden geflogen.

„Sie spürt uns, weil sie uns im Herzen trägt."

„Lily."

Lulu spricht den Namen aus ehe sie es bewusst begreift.

„Ja, das ist Lily."

„Du bist ihr gefolgt. All' die Jahre..."

Leon versteht, dass Fred dafür in die Welt aufbrach.

„Ja, das bin ich."

„Wie lange bist du denn schon bei uns überhaupt?"

Lulu und Leon kennen ihre Welt nur mit Fred.

„Eine Weile."

„Hast du Momo erzählt wie lange du schon bei seiner Mama bist?"

„Nein, das muss er selbst herausfinden. Er weiß nur, dass ich zu ihr gehöre. Irgendwann wird er das Licht im Herzen seiner Mama im eigenen Herzen spüren. Dann weiß er es ohne Worte. Er weiß nur, dass ich zu ihr gehöre."

Das ist alles noch so weit weg, dass Lulu und Leon es sich nicht recht vorstellen können. Sie betrachten Lilys Augen. Sie scheint in Gedanken, als blicke sie durch die drei hindurch oder als öffne ihr Licht Lily die Welt ihrer Träume.

Ja, davonträumen kann sie sich.

Vorsichtig trägt sie Momo in sein Bett und stellt das kleine Licht wieder an.

„Und ihr, wollt ihr raus?"

Dabei öffnet sie für Lulu, Leon und Fred das Fenster.

„Erzählst du uns weiter von Lily?"

„Bitte!"

„Ja, gewiss. Lily war so voller Bewegungsdrang und Abenteuergeist, dass ihr Opa sie immer liebevoll ‚Horrili-Birrili-Kribbili-Fax' nannte. Und kaum war sie groß genug, alleine vom Hof des Landhauses zu ihrem Spielkameraden zu kommen, büchste sie aus, kaum, dass keiner guckte.

Der kleine Junge war ein knappes Jahr älter und mindestens einen Kopf größer. Lange Zeit waren sie unzertrennlich, sobald Lily mit ihren Großeltern im Dorf ankam."

„Momos Mama hat von ihm erzählt vorhin, oder?"

„Ganz recht."

„Hat er dich und Flo und Fynn auch nie vergessen? Ist einer von beiden bei ihm jetzt?"

„Nein, leider nicht. Lily hat ihn lange angesteckt mit ihrem inneren Licht. In einem Sommer, als sie schon ein wenig größer waren, entdeckten sie uns einmal des Nachts und kamen zu uns so schnell ihre Füße sie trugen. Und sie tanzten mit uns, es erschien mir wie eine halbe Ewigkeit.

Aber es war das letzte Mal zusammen.

Was geschehen ist, wird Lily mir vielleicht einmal erzählen, wenn sie so alt ist, dass sie mit uns wieder sprechen kann.

Ich habe nur die Traurigkeit in ihren Augen gesehen. Doch selbst dann strahlen ihre Augen und es sind diese Wärme und dieses Licht da."

Fred hält inne.

Lulu und Leon werden müde, die Nacht war aufregend. Sie klettern in ihr Versteck, schmiegen sich bei Fred an; und ehe er ihnen eine gute Nacht wünschen kann, sind sie eingeschlafen.

Auch Fred macht seine Augen zu. Bilder der Erinnerung, gemischt mit Momenten aus Tagträumen, begleiten ihn ins Reich der Träume.

Drei

Und so vergehen die Nächte und Tage.

Lulu und Leon spielen allnächtlich mit Momo, begleitet von Fred, der sich immer weiter zurückzieht und glücklich zuschaut.

Morgens kommt Momos Mama, er schläft plötzlich ganz in seinem Bett.

Sie zählen die Tage bis zu seinem Geburtstag.

Im Kindergarten wird er eine Riesenparty geben. Zuhause lädt Momo nur wenige ein, das ist sein Wunsch.

Je öfter die Großen ihm erzählen, dass er nun drei wird, desto verwunderter wird Momo, was es mit dieser drei auf sich hat. Eines Morgens sitzt er schon wach in seinem Bett.

„Mama, was passiert, wenn ich drei werde?"

Lily weiß sofort, dass sie den Vormittag wahrscheinlich statt in Kindergarten und Uni hier auf seinem Bett verbringen werden. Sie holt das Frühstück ausnahmsweise ins Bett.

„Was meinst du denn, was passiert?"

Momo zuckt mit den Schultern.

„Ich bin dann drei Jahre alt und nicht mehr zwei. Erika meint, ich bin dann groß."

Dabei schaut er nach oben.

„Ja, du wächst, aber nicht schneller oder mehr als sonst."

Lily lacht.

„Groß meint auch, dass du eben dann ein Kind und kein Kleinkind, und schon lange kein Baby mehr bist."

„Ein Kind-Mann", verbessert Momo sie ernst.

„Ja, und die Kind-Männer werden Jungen genannt, die Kind-Frauen Mädchen."

„Nein, ich werde ein Kind-Mann. Ich werde nämlich ein Mann."

Momo hat eine eigene Vorstellung von den Dingen.

Das ewige Feuer

Und so wie Momo ahnt, dass sein dritter Geburtstag seine Welt verändern und doch nicht verändern wird, spüren auch Lulu und Leon eine eigenwillige Unruhe.

„Du hast uns gar nicht erzählt, was mit Flo und Fynn passiert ist?!"

Fred schaut die beiden ruhig an.

„Ich weiß es nicht."

Lulu und Leon sind ganz eng aneinander gekuschelt. In diesem Augenblick wird ihnen erstmals klar, dass sie seit Tagen von ihrem Baum weg sind. Aber sie sehnen sich eigenwilligerweise auch nicht zurück.

„Vermisst du Flo und Fynn und die anderen?"

„Nein."

Fred holt tief Luft, es führt kein Weg daran vorbei.

„Sie sind nicht mehr da."

Obwohl Lulu im Herzen weiß, dass es stimmt, will sie es genau wissen.

„Woher bist du dir sicher, wenn du sie nie wiedergesehen hast?"

„Du gehörst zu Lily, und solange in ihr das Licht ist, bist du da, oder?"

Leon begreift, dass er seine Lily noch finden muss ehe Momo drei wird. Lulu ist Momos Licht im Herzen. Und weil sie längst angekommen ist, versteht sie zunächst nicht, warum Fred und Leon sie in ihre Mitte nehmen und losfliegen.

Nicht weit von Momos Zuhause steht ein anderes Licht im Fenster. Leons Herz pocht, er freut sich, hat aber auch ein mulmiges Gefühl. Erst als Lulu ein friedlich schlafendes Mädchen entdeckt, ahnt sie langsam die Bedeutung von Leons Worten.

Leon macht sich los und stürmt vor. Aufgeregt hüpft er auf und ab.

„Schaut nur wie hübsch sie im Schlaf ist!", ruft er in Lulus und Freds Richtung.
„Guten Abend."
Die sanfte Mädchenstimme lässt Leon vor Schreck auf den Hosenboden plumpsen.
„Guten Abend."
„Ich wusste, dass du kommst."
„Dann wusstest du bis vor kurzem mehr als ich", entgegnet Leon ein wenig schüchtern.
„Ich bin Leon. Wie heißt du?"
„Niki. Eigentlich Nikita, aber Niki ist schöner. Bei Nikita höre ich weg. Außer ich habe etwas angestellt und meine Mama ruft meinen vollen Namen."
Niki betrachtet Leon von allen Seiten und nickt zufrieden.
„Wer sind die anderen beiden bei dir?"
„Meine Freundin Lulu, und unser alter Freund Fred."

Niki setzt sich auf und streckt ihre Hand den beiden entgegen. „Kommt her. Du auch, Leon."

Als Lulu in Nikis Augen blickt und dieses wunderbare Funkeln entdeckt, fällt ihr ein Stein vom Herzen.

Niki ist Leons Lebenslicht. In diesen smaragdgrünen Augen entdeckt auch Fred gleich das Feuer der ewigen Flamme.

„Wie alt bist du?"

Leon kann die Frage nicht länger zurückhalten, möchte er doch noch viel Zeit mit Niki haben, ehe auch sie für ganz lange nicht mehr mit ihm sprechen kann.

„Meine Mama meint, wenn es nicht mehr so heiß ist und die Tage schon etwas kürzer sind, werde ich drei. Und mein Papa meint, dann bin ich eine richtige kleine Prinzessin."

Wie verträumt sie doch ist.

„Und du bist dann mein Feen-Prinz."

Die Entdeckung der Farben – sein, wer man ist

„Woher weißt du das?"

Fred verschluckt seine Worte vor Verwunderung fast.

„Mein Papa hat es gesagt."

„Was gesagt?"

Fred ist immer noch ungläubig.

„Das mit den Glücks-Feen. Am Wochenende erzählt er mir abends zum Einschlafen davon."

Fred traut seinen Ohren nicht.

„Er hat eine Feen-Prinzessin, weil er ja ein Mann ist. Sie schenkt ihm das Licht in sich. Ein ganz warmes Leuchten. Deswegen hat er mich auch so lieb und beschützt mich mit seinem Licht. Bis ich meins gefunden habe. Das gebe ich dann irgendwann, wenn ich groß bin, an meine Kinder."

Niki guckt nachdenklich auf die drei. „Aber ich habe seine Feen-Prinzessin noch nie gesehen."

„Sie muss hier sein", murmelt Fred vor sich hin.

„Und deine Mama?"

Lulu denkt an Lily, die so liebevoll Momo in den Schlaf erzählt hat.

„Meine Mama meint, es gäbe keine Glücks-Feen. Deswegen schenken Papa und ich ihr von unserem Licht."

„Ich werde dir dabei helfen."

Leon fliegt direkt vor Nikis Gesicht.

„Ich weiß."

Niki lacht.

Lulu stupst Fred an und flüstert.

„Feen-Prinz? Fred?!"

„Weißt du eigentlich wie wunderhübsch du bist, Lulu?"

Sie schüttelt den Kopf. Sie weiß gar nicht so genau wie sie von weiter weg betrachtet aussieht.

„Erinnerst du was ihr über die Farben und das Licht vor eurem ersten Leuchten herausgefunden habt?"

„Ja, klar. Alle Farben sind im Licht. Und deswegen leuchten sie, wenn wir sie anleuchten."

Fred schmunzelt und schaut zu Niki.

„Niki, hat dein Papa dir denn auch erzählt, wie Feen-Prinzen und -Prinzessinnen aussehen?"

„Wunderschön, sie funkeln in allen Farben und leuchten, so wie ihr."

„So wie wir – was?"
Leon hat ja erst Freds laute Frage mitbekommen.

Niki klettert aus ihrem Bett und kommt mit einem kleinen Köfferchen zurück. Vorsichtig öffnet sie den Reißverschluss. Auf der Innenseite des Deckels ist ein Spiegel angebracht. Sie hält ihre Hand flach davor.
„Kommt her und schaut selbst."
Lulu und Leon zögern.
Erst ein ordentlicher Stupser von Fred lässt sie losfliegen.

Die beiden trauen ihren Augen nicht. Wahrlich funkeln ihnen drei Gestalten in wunderschönsten Farben entgegen. Aber so sehen sie doch gar nicht aus?!
„So sehen uns jene Menschen, die das Feuer des ewigen Lichts in sich tragen."
Lulu möchte durch ihr goldenes Haar streichen. Zunächst greift sie allerdings ins Leere. Es sieht unbeholfen aus.
„Du darfst nicht zweifeln. Du bist so wunderschön wie nur eine Feen-Prinzessin sein kann."
Niki spricht ihr Mut zu.
Leon versucht es an weniger auffälligen Stellen.
Aber auch ihm gelingt es nicht so recht.
Fred dagegen nimmt völlig selbstverständlich seinen Hut ab.
„Wie machst du das?"

Lulu und Leon drehen sich zu ihm um und zu ihrer Verwunderung sehen sie Fred plötzlich ebenso wie er ihnen im Spiegel erschienen war.

„Das ist unsere Verwandlung. Wenn wir zu Feen werden."

„Du bist gar kein Glühwürmchen mehr!"

Lulu ist empört.

„Warum hast Du uns das glauben lassen und dich verkleidet?"

Leon blickt auf die dunklen Stoffe auf Nikis Hand neben Fred.

Und wieder sitzen die beiden da und gucken ungläubig auf ihren Rumpf, der hell leuchtet.

Lulu treten Tränen in die Augen, ja, sie hat sich immer gewünscht einmal eine kleine Prinzessin zu sein, es aber nie für möglich gehalten. Und während sie sich an ihre Träume erinnert, kullern ihre Tränen über ihr Gesicht und auf ihren Rumpf.

Anfänglich nimmt sie gar nicht wahr, wie ihre Tränen auf dem Weg trocknen und wunderschöne Farben aufschimmern.

Mit einem Mal schüttelt sie ungläubig den Kopf. Das kann alles nicht sein. Doch genau in dem Moment fällt ihre dunkle Hülle scheinbar federleicht von ihr ab.

„Da bin ich!", ruft sie, um sogleich nach Leon zu schauen.

Er lacht sie aus seinen Tränen an, wunderschön. Wahrlich, er ist ein Feen-Prinz.

„Was passiert mit unserer Hülle?"

„Hebt sie sorgfältig auf, irgendwann werdet ihr, genauso wie ich, kleine Feen-Prinzen und -Prinzessinnen bis zu ihrer Verwandlung begleiten."

Die beiden nicken.

„Wie lange dürfen wir denn noch beieinander sein?"
Leon mag so gar nicht an mögliche Abschiede denken.
„So lange Momo, Lily und Niki nah beieinander zuhause sind."
Lulu seufzt vor Erleichterung, sie wird noch eine ganze Weile haben
unter Freds schützenden Flügeln – ups, die hat er ja gar nicht, und sie
auch nicht... wie konnte er fliegen? Bei dem Gedanken beginnt sie zu
schweben.

„Ich fliege!"
Leon starrt sie an. Und während seine Gedanken zu seinen Träumen
zurückwandern, hebt auch er sich langsam in die Luft.

„Das ewige Licht und die Träume... Wir sind das ewige Licht und die
Träume..."
Die beiden tanzen vor Freude durch die Luft. Niki klatscht begeistert in
ihre Händchen. So zauberhaft hätte sie sich die Glücks-Feen wahrlich
nicht vorgestellt.

Lady Mimi

Plötzlich leuchtet ein weiteres Licht in ihrer Nähe auf. Fred bleibt in der
Luft stehen.
„Guten Abend, meine Dame."
Eine wunderschöne Fee nähert sich.

„Du bist also Nikis Feen-Prinz", begrüßt sie Leon.

„Ich bin Mimi."

„Deswegen heißt Niki ‚Niki'", platzt es aus Lulu raus.

„Ja, ihr Papa hat sich das gewünscht."

„Und du wirst jetzt auf Leon aufpassen, so wie Fred auf mich, bis er noch ein bisschen größer ist?!"

Mimi nickt.

„Warum hast du dich mir nie gezeigt?"

Niki schaut recht beleidigt drein.

„Weil ihr Menschen als erstes eure Fee sehen sollt. Aber ich habe jede Nacht hier über dich gewacht und deine schlechten Träume vertrieben."

„Du warst das Licht, das mich beschützt hat."

„Ja."

Lulu und Leon blicken verschmitzt zu Fred – der leicht errötet ist: bei Momo hat er wohl ein wenig die Spielregeln gebrochen... sei's drum.

Von Elfen und Feen

Momo schmiegt sich an seine Mama. Sein Blick ist in die Ferne gerichtet.

„Na du kleiner Träumer, hältst du nach deinen Glühwürmchen Ausschau?"

„Nach Lulu."

Erst als er den Namen aus seinem Mund hört, begreift er was er gerade gesagt hat. Gespannt schaut er zu Lily auf.

„Ist das deine Feen-Prinzessin?"

Noch etwas unsicher nickt Momo.

„Kennst du denn schon Geschichten aus dem Feen-Land?"

Momo schüttelt den Kopf.

„Die Feen sind die letzten Wesen aus einer einstigen Welt weit vor unserer Zeit. Damals lebten die Elfen, Trolle, Zentauren und Einhörner und ganz viele wunderbare Wesen. Es gab nur ganz wenige Menschen. Sie kannten die Stimme der Natur, konnten mit den Tieren sprechen."

„Da gab es auch Asterix und Obelix noch nicht, oder?"

Lily lacht, „nein das war auch weit vor den Römern und Ägyptern."

Und so erzählt sie von dem grazilen Wesen der Elfen und dass jede Elfe eine Fee bei sich hatte. Von den kleinen Trollen, die sich herrlich zanken konnten während sie sich gleichzeitig liebevoll umeinander kümmerten. Von den Zentauren, die manch' eine Prinzessin zu ihrem Prinzen trugen und den Königen zu treuen Diensten standen. Von den Einhörnern, die in der Dunkelheit die Welt verzauberten durch ihr reines Weiß. Sie gehörten zu den Feen-Königinnen. Manchmal aber zogen sie aus, um ein kleines Menschenkind vor den bösen Mächten der Gedanken zu schützen.

An diesem Abend lauscht auch Niki ihrem Papa Noah, der ihr ebenso von den Wesen und der Welt weit vor unserer Zeit erzählt.

„Sie leuchten im Dunkeln, oder?"

„Ja, ganz hell, ihr Weiß ist so rein, dass es blendet. Aber wenn man ganz ruhig wird, dann kann man sie irgendwann richtig sehen."

„Wenn man an nichts mehr denkt?!"

Nikis Blick ist in die Ferne gerichtet. Und so bemerkt sie zunächst gar nicht, dass das Licht in ihren inneren Bildern Leon ist, der recht nah vor ihr in der Luft schwebt. Aber Noah streckt vorsichtig seine Hand nach Leon aus. Etwas zögerlich und doch neugierig landet dieser auf Noahs Fingerkuppe.

„Sei unbesorgt, er ist sehr behutsam mit uns..."

„Woher weißt du das..."

Nun ist auch Niki wieder ganz im hier und jetzt und blickt Mimi, die plötzlich aus der Dunkelheit aufleuchtet, noch immer ein wenig vorwurfsvoll für das lange Versteckspiel an. Mimi sieht es ihr nach und antwortet mit liebevoller Stimme:

„Ich bin jeden Abend, wenn er hier ist, bei ihm. So wie ich es schon immer bin."

„Aber er kann doch gar nicht mehr mit dir reden?!"

„Nicht mit Worten. Aber er spürt mich."

Niki seufzt – ja, wie das Licht in ihren Träumen...

Nachdenklich blickt sie Mimi an.

„Woher weiß ich, dass nicht ein Einhorn mich nachts besucht und meine bösen Gedanken vertreibt?"

Niki ist den Tränen nahe, sie fühlt sich von Mimi ein wenig vorgeführt und verraten. Mimi möchte auf sie zufliegen, doch Niki schubst sie in der Luft weg. Leon schaut gebannt zu und blickt ein wenig erstarrt vor

Schreck ungläubig zu Noah – Niki scheint die Anwesenheit ihres Papas vergessen zu haben. Der aber nimmt sanft die Hand seiner Tochter in seine.

„Sei behutsam mit ihnen, auch wenn du zornig oder traurig bist. Du musst sie schützen und behüten wie du es mit dir selbst tust."

Und damit kullern die Tränen über Nikis Wangen. Mimi oder gar Leon etwas tun will sie so gar nicht. Sie hat sie so lieb. Und wie sehr sie sich nach ihnen gesehnt hat, begreift sie erst jetzt durch den Schmerz, dass sie sich ihr nicht eher gezeigt haben.

Sie nickt, ganz sanft. Und öffnet langsam ihre Hand, legt sie vorsichtig auf die Decke vor sich.

Mimi versteht die Geste und landet auf Nikis Fingerkuppe. Auch Leon fliegt hinterher. Recht froh um Mimis Anwesenheit, er kuschelt sich bei ihr ein. Zu deutlich spürt er doch was Niki empfindet und weiß selbst noch nicht recht ein oder aus damit.

Verstohlen blickt er zu Noah. Und erstmals sieht er nun die warmen, sanften braunen Augen von Nikis Papa. Wie gebannt blickt er einfach hinein. Und so bemerkt er zunächst gar nicht wie sich ihm durch die Spiegelung seines Lichts in Noahs Pupillen plötzlich eine andere Welt öffnet. Er sieht Noah, in ganzer Gestalt, unterwegs mit schnellen, eleganten Bewegungen, und ausgestattet mit Pfeil und Bogen. Der Wald scheint sich vor ihm zu öffnen und hinter ihm zu schließen. Ein Zentaur wartet an einer Lichtung und kaum, dass Noah auf dessen Rücken Platz genommen hat, sausen sie los...

Leon ist vor Schreck auf seinen Hosenboden geplumpst. Alles schön und gut bis hierhin. Aber nun ist es auch für ihn ein wenig viel auf einmal.

„Was wird das hier?"

Wie sehr er doch Lulu und Fred herbeisehnt. Nicht ahnend, dass Lulu zugleich in Lilys Augen plötzlich Sequenzen aus jener Welt weit vor ihrer Zeit erblickt und nun nicht minder überrumpelt neben Fred sitzt.

„Was ist das alles?"

Sie schaut vorsichtig in Lilys Augen, in denen sie soeben deren graziles Elfenwesen entdeckt hatte.

„Weiß sie wer sie ist?"

„Ja und nein."

So wahnsinnig hilfreiche Antworten kann auch wirklich nur Fred geben.

„Was denn nun – ja oder nein?"

„Woher sollte sie von jener Welt weit vor unserer Zeit erzählen können, wenn sie es nicht in ihrem Herzen wüsste?"

Lulu nickt, sie spürt Lilys Sehnsucht.

„Deswegen kann sie träumen, auch tagsüber?"

„Ja."

Und nach einer Weile fügt Fred an „sie ist ein Wesen aus jener längst verronnenen Zeit."

„Aber wie kann das sein, sie ist doch in dieser Welt geboren worden? Du hast selbst davon erzählt als sie klein war..."

In diesem Moment landen Leon und Mimi neben Fred und Lulu.

„Sie wurde im Licht geboren und wird im Licht gehen", setzt Fred an.

Wie selbstverständlich kuscheln die drei Mimi in ihre gewohnte Erzählhaltung mit ein.

„Und dieses Licht ist ein Funke des ewigen Leuchtens allen Seins und aller Wesen. Denn als das Leuchten entstand, entstand das Leben. Und in jener Welt weit vor unserer Zeit wussten die Wesen, auch die Menschen, dass Zeit ihres Lebens sie Teil eines Lichts waren. Das sie zum Leben erweckt hatte, das sie hüten und schützen mussten, um dann, wenn sie sich zur Ruhe legen würden, es wohlbehalten weiterzureichen."

„So wie Lilys Uropa?"

Lulu ahnt, dass auch er ein Welten- und Zeiten-Wandler gewesen sein muss.

„Ja. ... auch er war einst eine Elfe und in den fantastischen Wäldern ihres Reiches zuhause. Und deswegen war auch er nie ganz in dieser Welt angekommen."

„War denn die Welt vor unserer Zeit woanders?"

Leon ist reichlich verwirrt.

„Nein, du hast recht, nicht wirklich, es war nur eine andere Zeit. Es war viel länger hell... Und so war der Raum größer. Denn Raum ist verdichtete Zeit."

Lulu und Leon hatten tatsächlich nur Szenen im Licht gesehen. „Alle Wesen damals lebten viel länger als heute. Und einige haben ihr Licht bis in unsere Zeit geschickt."

Lulu und Leon sind neugierig und rutschen ein wenig aus Freds und Mimis Umarmung nach vorne, um in Lilys Augen blicken zu können, die verträumt in die vier Lichter schaut. Ihre Pupillen sind in der Dunkelheit ganz groß. Und trotzdem erkennen Lulu und Leon den braunen Ring drum herum, der sich in eine blaugrüne Iris auflöst. Wie die Farben der Wälder, Flüsse und Seen, in denen Lily einst auf leichten Sohlen unterwegs war.

Jetzt da sie die Scheu verloren haben, begreifen sie, dass sie Lily damals sehen, aber auch was sie sah.

Und als Leon durch die hellen Blätter einen Zentauren mit einem Elfen auf seinem Rücken näher kommen sieht, fühlt er zum ersten Mal eine tiefe innere Ruhe. Jetzt begreift er seinen Sinn und Zweck in dieser Welt – ganz ohne Worte. Vorsichtig schiebt er seine Hand in Lulus.
„Das ist Noah, Nikis Papa auf dem Zentauren", flüstert er.
Er spürt wie Lulu leicht zusammenzuckt und seine Hand fest drückt. Ihre Augen haften an Noah, der sich sanft vom Rücken des Zentauren schwingt, diesen herzlich verabschiedet und auf Lily zukommt. Er begrüßt sie zärtlich, mit einer offenbar vertrauten Geste durch ihr Haar und über ihre Wange. Und dabei fliegt ein kleiner Feen-Prinz aus Lilys Haar auf, direkt auf Noah zu, stupst ihn kräftig gegen die Nase und verschwindet hinter seinem Rücken, um sogleich mit Noahs kleiner Feen-Prinzessin im Schlepptau wieder aufzutauchen.
Noah und Lily schauen den beiden lachend zu wie sie durch die Luft tanzen.
Und damit blicken Lulu und Leon erwartungsvoll in Freds und Mimis Richtung.
„Das seid doch nicht etwa ihr?"

Vertieft in ihre Unterhaltung ahnen sie was die beiden soeben entdeckt haben.

„Ja und nein."

„Das habe ich heute schon einmal von dir gehört – ja oder nein?!"

Lulu guckt recht erwartungsvoll in Freds Augen.

„Was meint ihr denn?"

Dass Fred auch immer die Spannung aufrechterhalten muss... na gut.

„Ja und nein."

Ball zurückgespielt.

Fred lacht.

„Sehen die beiden denn so aus wie wir?"

So genau konnten Lulu und Leon das nicht erkennen. Aber Leon erinnert, dass Fred recht überrascht über Mimis wunderschöne Erscheinung war, sie können sich also bis vor kurzem nicht gekannt haben. Jetzt wirken sie allerdings ganz vertraut, als wenn sie sich eben doch schon ewig kennen. Das Licht...

Und damit leuchtet Leon selbst noch heller auf als sonst.

„Eure Lichter sind die von damals und deswegen ja..."

Mehr braucht es nicht, das ‚nein' ist irrelevant bei der langen Zeit des gemeinsamen Leuchtens. Quer durch den ewigen Raum.

Lulu guckt noch etwas durcheinander zwischen Leon, Fred und Mimi hin und her. Sie sagt nichts, ahnt aber, dass dies nur der Anfang der ganzen Geschichte ist, in der auch sie und Leon, und damit gleichfalls

Niki und Momo, ein Teil des Leuchtens aus jener Welt weit vor dieser Zeit sind.

Mit einem Schlag fühlt sie sich ganz ruhig, unendlich glücklich. Sanft nimmt sie Leons Hand und rückt mit ihm wieder ganz zu Fred und Mimi. Für heute ist es genug. Bei der langen Zeit ihres Lichts durch die Zeiten und Welten hat alles Weitere jetzt wirklich auch einen Moment Zeit.

Fred legt schützend seinen Arm um Lulu und blickt zu Lily. Er spürt ihre Sehnsucht nach jenen Momenten, die sie nur fühlt, aber nicht erinnert. Wie nah sie Noah ist, ahnt sie nicht. Und jetzt erst begreift auch Fred, dass zwei zueinander gehörende Wesen aus jener Welt weit vor ihrer Zeit sich in der Kollision von Raum und Zeit in dieser Welt, dieser Gegenwart noch einmal begegnen könnten.

Er blickt zu Mimi – gleich als er sie zum ersten Mal sah und ihr Leuchten zu kennen glaubte, hätte er es wissen sollen. Aber ein Feen-Prinz, ganz gleich wie alt er ist, ist eben auch nur ein Feen-Prinz. Er hat seine Prinzessin zurück...

Leon sitzt da, etwas erstaunt über das allgemeine Schweigen, und zugleich froh, eingekuschelt seinen Gedanken nachhängen zu können. Ob man wohl ein Aufeinandertreffen von Lily und Noah irgendwie passieren lassen könnte? Niki und Momo würden gewiss mitmachen... Aber in den Lauf der Dinge, und damit auch seiner Bestimmung derart einzugreifen, ist ihm dann doch nicht geheuer. Etwas sagt ihm, dass das nicht gut wäre. Etwas muss ja passiert sein, dass jene Welt weit vor ihrer Zeit nicht mehr ist wie sie war...

Erwachen

Am nächsten Morgen wacht Lily mit einem eigenwillig wohligen Gefühl aus ihren Träumen auf. Sie hat geträumt, das spürt sie. Aber erst als sie sich ganz tief zurück in ihre eigene innere Wärme fallen lässt, kommen langsam einzelne Szenen aus ihrer nächtlichen Welt zurück.

Die paradiesischen Vögel, die in der Luft schwebten und deren fröhliches Treiben sie selbst weit oben auf einen Baum geklettert beobachtet hat. Das weiche Moos unter ihren Füßen, das so herrlich warm im Sonnenlicht wird.

Und es war jemand da. Sie hatte ihn nicht recht erkennen können, erinnert im Aufwachen aber das Gefühl der Nähe ihres Spielkameraden aus Kindertagen. Manchmal denkt sie an ihn. Aber sie weiß längst, dass er nicht zurückkehren wird – er hat ihre gemeinsame Welt hinter sich gelassen, schon lange. Lily hat ihm verziehen, in jenem Moment als sie für sich begriff, dass sie den kleinen Jungen, den sie damals so liebte, genauso wie das kleine Mädchen, das sie einst war, einfach weiter in ihrem Herzen tragen kann.

Einmal begegnete sie jemandem, der diese Wärme, dieses Licht in ihr spürte und begriff – weil er es selbst in sich trug. Für eine Weile begegneten sie sich in ihrem Leuchten, ehe der Raum sie voneinander trennte.

Aber auch ihn trägt Lily fest in ihrem Herzen und weiß, er hat sie nicht vergessen. Einmal begegneten sie sich, er hatte sie zuerst gesehen, blieb stehen und blickte ihr entgegen. Sie erzählten – miteinander und voneinander, für einen kurzen Moment zurück im Licht.

Und mit dieser Wärme in sich steht Lily auf, um zu Momo zu gehen – der zu ihrem Erstaunen längst munter ist und auf Zehenspitzen vor dem Fenster steht. Irgendetwas sucht er.

„Wo ist Lulu?"
Er blickt ihr mit seinen großen blauen Augen entgegen.
„Hast du gesehen wie sie rausgeflogen ist letzte Nacht?"
„Ja, alle vier..."
Momo schaut verdutzt auf seine Finger und zählt in Gedanken „Lulu, Leon, Fred..."
Okay, das wird sich bestimmt aufklären.

Jetzt ist erst einmal frühstücken dran. Der Eisbär im sicheren Griff dabei. Und während Lily ihren Kaffee trinkt und Löffel um Löffel mit Brei zu Momos Mund führt, macht dieser die eigenwilligsten Zisch- und Platsch-Geräusche. Irgendetwas fliegt und landet immer in seiner Vorstellung. Denn fliegen ist sein Element.

Dass er nicht selbst einfach in die Luft losschweben kann so wie Lulu und Leon findet er eine ordentliche Frechheit. Die Hilfskonstruktion mit Flugzeugen und Hubschraubern zählt für ihn nur halb – da fliegt er ja nicht selbst, sondern wird geflogen.

Und als Lily ihm das mit der Erdanziehungskraft erklärte, wollte er gleich wissen, warum man dann nicht einfach mitten durch die Erdkugel zu allen anderen Orten dieser Welt kann anstatt außen rum zu fliegen. In dem großen Buch entdeckte er neben dem Bild des Erdinnern dann aber etwas viel Interessanteres: das Weltall mit den Sternen und Planeten und dem unendlichen Raum. Damit war dann nur noch eine Frage zu klären: wieso er jetzt ausgerechnet hier auf diesem Planeten, der Erde, als kleines Menschenkind ist.

Momo spürt bei der Erinnerung an diesen Moment wie Lily ihm ganz sanft erst über seine Brust, dort wo das Herz ist, und dann über sein Köpfchen streichelte und meinte „deinen Sinn und Zweck, warum du hier bist, kannst du nur selbst herausfinden. Ich kann dich nur eine Weile beschützen, bis du dich auf die Reise machst, und dir für diese recht viel versuchen beizubringen."

Was er nicht alles selbst tun und lernen muss... mit einem Seufzer öffnet Momo den Mund für den Löffel vor ihm. Der Brei morgens tut schon gut, und auch manchmal noch gefüttert zu werden... Zeit für den Kindergarten...

Begegnung

In der großen alten Villa mit dem riesigen Garten drum herum ist ein Reich für die Kinder mitten in der Stadt geschaffen worden. Und diese wissen, es ist ihr Reich. Mamas und Papas werden an der Tür zum großen Speisesaal verabschiedet. Alle mit einem jeweils individuellen Ritual. Momo lässt sich immer von seiner Mama direkt auf den Arm seiner Lieblings-Erzieherin reichen, grinst Lily noch einmal verschmitzt an und ist dann in seiner Welt.

An diesem Nachmittag hat Momo sich weit über die Zeit hinaus verspielt. Irgendwann darf Lily in die hinteren Räume gehen und nach ihm suchen.

Sie bleibt im Türrahmen stehen. Ein kleines Mädchen reicht Momo große Holzbauklötze, die dieser geschickt zu einer Art Burg zusammensetzt. Sie ist als kleine Prinzessin verkleidet. Und ob Momo, der eigentlich nur seine Sachen mag, freiwillig das königlich blaue Kostüm trägt, fragt Lily lieber nicht.

Ihr Blick wandert durch den Raum, der mit allerlei Stoffen in eine Phantasiewelt verwandelt scheint. An einer Stelle sitzen Kuscheltiere. An einer anderen Puppen im Kreis.

Dann erst entdeckt Lily die Figuren aus jener Welt weit vor ihrer Zeit – Ritter zu Pferd, Könige und Königinnen, Prinzessinnen, Zauberer... Manche wohl gut, andere böse, Drachen und Trolle, Hexen – wie die Zauberer wohl gute und böse, ein Einhorn, und einige kleine Feen ganz dicht bei einigen Elfen. Inzwischen selbst in ihren Gedanken, ist Lily zu den Wesen aus ihren Geschichten für Momo gegangen.

Irgendwann spürt sie eine unbekannte Wärme an ihrer Seite. Sie blickt auf und direkt in Nikis smaragdgrüne Augen, die sie geduldig betrachten.

„Du bist eine Elfe, du bewegst dich wie sie, ganz federleicht."

Mit diesen Worten stupst Niki Lily um, damit sie gleich da, wo sie ist, sitzen bleibt, öffnet ihre Hand sanft und legt eine Elfe vorsichtig hinein. Wortlos. Also schweigt auch Lily. Und blickt zu den beiden Kindern, die ebenso wortlos und doch völlig einig Stein auf Stein setzen. Langsam verschwindet der Raum um Lily, sie sieht und sieht Momo und Niki doch nicht.

Vor ihren Augen tut sich eine andere Welt auf, während sie mit ihren Fingerkuppen vorsichtig über die Elfenfigur in ihrer Hand streicht. Plötzlich ist der Morgengeruch unten im Tal aus ihren Kindertagen wieder da. Wenn ein Windhauch sie plötzlich aus ihrem Spiel holte, stellte sie sich immer vor, dass soeben eine Elfe an ihr vorbeigerauscht sei. Und blickte hinter dem Wind her in den Himmel. In den großen Büchern mit Fotos von Gemälden von ihrem Opa hatte sie allerlei Wesen entdeckt – wie die Menschen sich im Laufe der Zeit die Welt ihrer Götter und Helden, ihrer Engel und Propheten eben vorgestellt hatten.

Nur Elfen fand sie keine. Woher sie wusste, dass es sie gibt, erinnert sie nicht. Aber ihre Vorstellung von diesen Wesen ist seit je her einfach klar. Und so war sie sich als Kind schon sicher sie zu erkennen, würde sie einmal welche sehen, ganz gleich ob auf einem Bild oder wirklich. Aber was ist wirklich, Wirklichkeit? Wie oft sie diese Frage ihrem Opa stellte. Allerdings nur, wenn sie alleine waren, alle anderen fanden das sei Unfug – obwohl sie an Gott, einen Gott, ihren Gott glaubten.

Das machte Lily immer stutzig, mit einem ihr noch nicht leibhaftig erschienen Wesen die Existenz anderer imaginärer Wesen leugnen zu wollen. Also beschloss sie damals für sich, klar, Gott und auch ihren Gott gibt es, und auch er war es, der sie gewiss mit gutem Grund mit der Gabe ausstattete, diese andere Welt weit vor ihrer Zeit zu spüren und zu begreifen.

Das Studierzimmer ihres Opas fühlte sich für sie immer an wie das Tor zu dieser anderen Welt.

Wie viel Zeit verstrichen ist, kann Lily nicht sagen, als sie durch die warme Hand von Momo sanft in diese Welt zurückgeholt wird. Er legt sie immer vorsichtig seitlich in ihren Nacken. Wann er diese Geste begann, erinnert Lily nicht. Aber Momo weiß, dass er seine Mama so erreicht.

Lily lächelt bei dem Blick in Momos strahlende Augen. Zeit zu gehen...
Und erst als sie sich erhebt, bemerkt Lily ein weiteres Augenpaar das auf ihr ruht.
„Das ist mein Papa, wenn er kann, holt er mich ab, das ist nur ganz selten..."
„Und wer bist du, kleine Prinzessin?"
„Niki. ... Momo hat mir schon von dir erzählt, dass du Lily heißt."
Und während sie ihre Hand in die ihres Papas schiebt, fügt Niki an:
„Und mein Papa heißt Noah."
Lily nickt zur Begrüßung.
So auch Noah.

In seinen Augen möchte Lily erkennen, wie lange er sie wohl mit der Elfe in der Hand betrachtet und was er dabei gedacht hat.

Aber stattdessen öffnet sich ein anderer, unendlicher Raum, in dem Zeit und Dimension aufgehoben scheinen. Lily stutzt, sie kann nichts sehen, und auch was sie spürt offenbart sich ihr nicht, aber es ist ganz klar – und still, und so schweigt sie einfach.

Der Klang der Stille

Erst als es ganz dunkel ist, zündet Noah zum Lesen ein Licht an. Er liest Seite um Seite, und doch sind seine Gedanken woanders. Wo, weiß er selbst noch nicht recht. Nur nicht wie gewohnt bei den Worten vor ihm.
Oder anders.
Die Worte, die er liest, sind plötzlich andere.
Als wenn sich hinter ihnen etwas Anderes verbirgt als zuvor. Sie stehen da, und er versteht ihren Sinn, so wie sie in Sätzen zusammengesetzt sind.
Aber spüren tut er nur manche, und dann losgelöst aus dem Buch und damit der Geschichte vor ihm. Jene fügen sich vor seinem inneren Auge neu zusammen, während er erst verwundert, dann verträumt nach draußen in die Dunkelheit blickt.

Es ist still, ganz still, und doch scheint es ihm als schwinge eine sanfte Melodie in der Luft mit. Dieser Moment am Nachmittag hat ihn seltsam berührt. Er streicht über die Buchstaben und Wörter auf der Seite vor ihm. Als wolle er ihnen entlocken, was er nur spürt aber nicht recht begreift.

Sie haben kein Wort miteinander gesprochen. Niki hat sie einander vorgestellt. Einfach so. Wie Kinder das eben tun. Und mitten in dieser Welt der Kinder hatte sie gesessen. Auch einfach so. Und scheinbar einfach in ihrer Welt für einen Moment. Erst als sie ihn erblickte schien sie ihre Sphäre wieder zu öffnen.

Gedankenverloren steht Noah aus seinem Sessel auf in Richtung seiner Bücher, die sich in scheinbar endlosen Reihen an den Zimmerwänden entlang ziehen. Seine Finger wandern an den Buchrücken entlang als spiele er eine Melodie darauf. Er spürt wie diese im Laufe der Zeit glatter und biegsamer wurden und die einst eingeprägten Buchstaben heute nur noch aufgedruckt sind. Wunder der Technik...

Manchmal scheint es ihm als fühle er einzelne Bücher intensiver. Doch wie sollte das sein?!

Irgendwann aber geht er einen Schritt zurück und zieht eines dieser Bücher heraus. Er hatte es vergessen. Ganz in blau – und in einfachen goldenen Kleinbuchstaben der Titel 'blau'. Noah legt seine ganze Hand auf den Buchdeckel und fährt langsam darüber, das leichte Kribbeln auf der Haut von dem Stoff erinnert er. Genauso die glatten weichen Buchstaben. Und die Geschichte...

Aber es mag Zufall gewesen sein, dass er ausgerechnet dieses Buch griff. Und so nimmt er es in die andere Hand und geht weiter.

Wieder mit einem Arm leicht hinter sich herziehend um die Bücher nur zu spüren. Sein Blick ist auf den Boden gerichtet, er zählt in Gedanken die kleinen Holzstöcke des Fischgräten-Parketts, um seinen Geist zu beschäftigen und so seine Sinne ganz frei zu lassen.

Diesmal bleibt er direkt stehen.

Gelb.

Zufall kann es auch zweimal geben.

Weiter.

Grün.

Jetzt weiß Noah: es fehlen nur noch das Rote und Weiße.

Plötzlich vertraut er seiner Intuition. Das Licht seiner Lampe erscheint ihm plötzlich heller und wärmer. Er ist aufgeregt und doch ganz ruhig.

Konzentriert.

Es ist lange her.

Er hält die Bücher ganz fest, als verspreche er sich sie diesmal nicht wieder loszulassen.

Er war beim Lesen unterbrochen worden, mitten im blauen Buch, noch ehe er eins der anderen aufgeschlagen hatte.

Nur die Box mit den Worten 'die fünf Elemente der sechsten Dimension', quer über alle Seiten wie ein Gedankenpuzzle verteilt, steht seitdem auf seinem Schreibtisch.

Er versucht sich zu erinnern wie lange es her ist – und je mehr Jahre er seither durch Ereignisse zählt, desto näher erscheint ihm der erste Moment des Öffnens der Box wieder. Als kehrten sich Raum und Zeit für einen Moment um.

Noah blickt auf seine Hände, er sieht, dass er älter geworden ist. Jetzt aber spürt er die Zeit in sich. Ein Licht spiegelt sich in den goldenen Buchtiteln. Funkelt hier und dort auf. Erst als es direkt vor Noahs Gesicht ist, sammeln sich seine Gedanken in der Gegenwart wieder.

Mimi kann es kaum fassen, wie lange es gedauert hat bis sie in gewohnter Weise endlich auf Noahs Hand landen darf.
„Potzblitz – er hat die Bücher..."
Fred war mit Lulu und Leon im Schlepptau Mimi heimlich gefolgt.
Eigentlich sollte sie verärgert sein, Hilfe kommt Mimi jetzt aber gerade recht.
„Ja, er hat die fünf Elemente. Aber er hat vor langen Jahren nur das Blau zu erkunden begonnen... etwas muss heute passiert sein, dass er sie wiederentdecken konnte?!"
Womit Lulu und Leon sich im Erzählen überschlagen. Denn Niki und Momo hatten ihnen beim Einschlafen natürlich von ihrem Tag und dem Aufeinandertreffen von Lily und Noah berichtet.

Fred purzelt vor Schreck aus der Luft, gleich neben Mimi auf Noahs Hand. Ein eigenwilliges Licht durchfährt ihn, als nehme er ein Wissen in sich auf, das weit über ihn und hier hinaus reicht.

Etwas benommen blickt er zu Noah, den er sieht und doch nicht sieht.

Es scheint, als seien in Noahs Gesicht alle Gesichter seines Lichts aus allen Zeiten und Welten vereint. Und damit rutscht Fred ein zweites „potzblitz" raus.

Deswegen ist Noahs Gesicht so eben und symmetrisch – wie bei Lily.

Aber damit nicht genug...

„Lulu, Leon – sagt mir wie viele Bücher unter uns liegen?"

„Fünf."

„Wie liegen sie zueinander?"

„Ganz sauber geordnet..."

„In welcher Reihenfolge?"

„Blau, Gelb, Rot, Grün... Weiß."

„Oder eben genau umgekehrt, Weiß bis Blau... dazwischen ist die Reihenfolge egal."

„Fred?!"

Lulu stupst ihn kräftig an, dass er es immer so spannend machen muss.

Aber dann spürt sie zum ersten Mal ein wenig Angst bei ihm. „Fred, was ist mit dir?!"

„Ich weiß nicht ob ich nicht zu alt bin für das was kommt..."

Noah hebt vorsichtig seine Hand und zieht das blaue Buch heraus.

Blau

In großen, einfachen Ziffern erscheint die Zahl 56 auf der ersten Seite.

Ganz in blau.

Noahs Blick wandert zu der Box auf seinem Schreibtisch 'die fünf Elemente der sechsten Dimension'.

Er blättert um, ein einfacher Würfel. Transparent mit blauen Kanten. Ein Körper. Im Raum. Und mit eigenem Innenraum.

Umrahmt von sechs quadratischen Außenflächen, faltet man den Würfel auf, wie auf der nächsten Seite rechts gezeigt.

Noahs fünf Finger ruhen ausgestreckt auf der linken Seite daneben.

56.

Es folgt ein Kreis.

Dann einer im Quadrat.

Und eins weiter steht Leonardos Anthropometrie im Kreis, eingebettet in das darum liegende Quadrat.

Kein Wunder, dass die Quadratur des Kreises mathematisch bis heute nicht gelöst ist – Noah lächelt bei der Erinnerung an seine Verwunderung über dieses Bild damals.

Umgeblättert ist die Figur von den sechs Seiten des Würfels in ihrem Kreis in die Quadrate gelegt.

Und noch eine Seite weiter steht Leonardos Mensch in Vorderansicht im Raum, eingeklemmt in sein Rad mit seinen zwei Beinen und zwei Armen.

Wie ein Negativabdruck hebt sich eben dieses Bild danach in weiß von blauem Untergrund ab.

„Er leuchtet – wie wir...”
Lulu fliegt aufgeregt vor die Zeichnung.
Noah zuckt zusammen.

Jetzt erkennt er, dass Leonardos Figur auch in einen Stern passen würde – zumindest, wenn dieser oft mit fünf Ecken gezeichnet wird. Manchmal aber hat er sechs Ecken. Als stünde eine für etwas jenseits des Menschen.
56.

Noah schüttelt den Kopf. Es wirkt auf ihn wie ein Zahlenspiel, dessen Bedeutung tiefer als das Offensichtliche liegt.

Sanft hebt er seine Hand mit den vier leuchtenden Wesen, um alle Bücher nebeneinander aufzuschlagen.
Das rote beginnt mit einer 39.
Das gelbe mit einer 28.
Und das grüne mit einer 147.
Das weiße dagegen scheint leer zu sein. Erst als Leon darüber fliegt entdeckt Noah eine glänzende 0 in Weiß.

Aber wie er es auch dreht und wendet, auf die Zahlen kann er sich so keinen Reim machen. Er ist müde. Er ahnt, dass er endlich wieder einmal tief und fest schlafen wird. Irgendetwas ist passiert. Das hier scheint nur der Anfang zu sein.

Die Unendlichkeit des Himmels

Lulu und Leon sind neugierig hinter Noah her geflogen. Als er tief schläft kommen sie aus ihrem Winkel hervor.

„Was ist eigentlich schlafen? Warum müssen die Menschen und wir schlafen? ...du hast doch erzählt, dass ganz früher die Tage länger waren – wie lang denn? Und waren dann alle so lange auf? Ohne müde zu werden?"

Aber Lulus Frage verhallt.

Erschrocken blicken die beiden sich um.

„Fred?"

„Mimi?!"

Nichts.

Nur Noahs Atemzüge in der Stille.

Leon greift nach Lulus Hand.

„Weißt du, ob sie uns überhaupt gefolgt sind?"

„Nein – aber das tut Fred doch immer...?"

Lulu kullert eine Träne runter. Sie ist hin- und hergerissen zwischen sich von Fred alleine gelassen fühlen und Angst haben, dass ihm etwas passiert ist.

Leon ist recht ratlos wie er Lulu trösten soll – Fred ersetzen geht nicht, so viel ist klar. Und während er Lulu liebevoll betrachtet, spürt er plötzlich wie es auch ihm ein wenig Bange ohne die schützende Hand von Mimi und Fred ist.

„Lulu, ich glaube, es ist ihnen nichts passiert. Fred ist uns immer einen Schritt voraus – also wird er es auch diesmal gewesen sein. Wahrscheinlich will er uns gerade etwas zeigen; die Frage ist nur was?!?"

Lulu blickt zu Leon und weiter an ihm vorbei in die Dunkelheit der Nacht, in der nur die Sterne am Himmel hell funkeln.

„Wüsstest du wie wir zu den Sternen kommen?"

Leon rutscht hinter Lulu, um genau sehen zu können was sie sieht.

Sanft legt er seine Arme um sie.

„Nein. ... wobei ich auch nicht weiß, was das jetzt mit unserer Situation zu tun hat?"

„Alles und nichts."

Na herrlich, jetzt fängt Lulu schon an wie Fred... Leon lächelt.

„Schau doch, wenn zwei Sterne ganz nah beieinander sind, dann sieht es doch aus als seien sie jeweils heller..."

„Ja...?"

„Das sind wir gerade."

Ja, etwas ist anders in diesem Moment als zuvor. Leon spürt Lulu.

Nicht nur ihre Wärme, sondern er empfindet ihr Wesen.

„Okay, aber das kann nur die eine Hälfte sein, warum Fred uns allein gelassen hat, so ganz ohne Vorwarnung..."

Dass der sich aber wirklich immer dann unsichtbar machen muss, wenn Leon ihn als ‚Herr von Welt' einmal bräuchte.

Lulu seufzt.

„Ich weiß...", und kuschelt sich in Leons Umarmung.

„Wie sehr wir ihn und auch Mimi vermissen und brauchen, wissen wir wohl erst jetzt – wobei ich das auch so wusste, ohne Angst und dass es wehtut."

Lulu ist doch ein wenig beleidigt über Freds Aktion. Ganz so leicht kann er das nicht wieder gut machen.

„Ich bin das erste Mal ein wenig sauer auf Fred..."

„Ich irgendwie auch..."

„Wir sollten die beiden suchen."

Und mit diesem gemeinsamen Entschluss sind Lulu und Leon noch einen kleinen Moment ganz bei sich, ehe sie Hand in Hand losfliegen – ganz ohne Plan.

Doch in dem Augenblick lösen sich die beiden Sterne vom Himmel und fliegen auf sie zu. Lulu purzelt vor Schreck durch die Luft, aber Leon hält sie. Und kaum sind Fred und Mimi in Reichweite, schießen ihr die Tränen in die Augen.

„Ihr habt uns die ganze Zeit gesehen – und am besten noch gehört... Warum tut ihr das?"

Fred schließt Lulu in seine Arme.

„Ihr werdet groß und trefft eure eigenen Entscheidungen. Ihr seid einfach losgeflogen..."

Leon schaut vorsichtig zu Mimi und begegnet einem liebevollen, wissenden Lächeln.

„Wir müssen lernen uns selbst zu schützen, oder?"

Sie nickt.

„Sonst können wir nicht irgendwann zwei kleine Feen so beschützen wie ihr es mit uns getan habt und tut?!"

Lulu boxt bei diesen Worten von Leon einmal kräftig in Freds Bauch – er soll ruhig spüren wie weh ihr das vorhin getan hat. Ein wenig zuckt er zusammen. Und als Lulu das spürt, spürt sie zum ersten Mal, dass sie eigentlich umgekehrt Fred auch beschützen möchte. Dass sie Leon beschützen kann, weiß sie, aber es war ihr bis jetzt nicht bewusst. Es war ja immer so. Ihre Hand wandert sanft über Freds Bauch. Und dieser versteht ihre Geste...

„Du hast nach dem Schlafen und dem Träumen, nach den Tagen früher und dem langen Wachsein der Wesen in jener Welt weit vor unserer Zeit gefragt?"

Lulu nickt.

Und während die vier sich einen Platz ganz nah bei Noah, mit offenem Blick in den Sternenhimmel, suchen, beginnt Fred zu erzählen.

Zeitreise

Obwohl Momo und Niki sich nachmittags im Kindergarten weit über die Abholzeit verspielt hatten, schien Momo an diesem Tag ungewöhnlich munter und ausgeglichen. Und so zog sich alles lange hin, bis er endlich bereit war ins Bett zu gehen.

Aber auch dort erzählt und spielt er mit seinem Eisbären so lange vor sich hin, dass Lily neben ihm zuerst einschläft.

Ganz in ihren Gedanken. Wobei sie diese nicht wirklich fassen kann. Es sind Eindrücke, Sequenzen aus Szenen, die ihr eigenwillig vertraut und doch noch recht unbekannt erscheinen. Elemente von Melodien mischen sich darunter. Sie packt ihre Kopfhörer ins Ohr und stellt ihre Musik an. Und fällt in einen anderen Raum.

Ihr Körper scheint plötzlich ganz warm und leicht. Sie spürt jemanden, weiß aber nicht wen. Sie erinnert dieses Gefühl seit je her. Lange hat sie versucht ihn – es fühlt sich an als sei es ein Junge, dann später ein Mann – zu erkennen. In ihrem inneren Raum. Manchmal dann auch tagsüber, vielleicht in den Augen von jemandem, der ihr begegnet. Irgendwann aber ließ sie los und begann ihn kommen und gehen zu lassen in ihren Träumen. Als sei er Teil ihrer inneren Stimme. Manchmal ist er einfach da, mitten in ihren Gedanken. Dann spürt sie sich ganz klar. Jedes Mal nimmt sie sich vor, dieses Mal dieses Gefühl ihrer selbst festzuhalten – es nicht wieder zu vergessen. Aber jedes Mal verschwindet es mit der Zeit, bis sie diese eigenwillige Sehnsucht spürt. Manchmal bis zum inneren Zerbersten. Auch dann spürt sie sich ganz klar. Und sie denkt bewusst an ihn. Im tiefen Vertrauen in ihr Gefühl und doch zweifelnd was es ist. Sie kennt ihn nicht, weiß nicht wer er ist, ob er existiert. Dann ist sie ganz bei sich. Schließt ihre Sphäre um sich. Wie jetzt in diesem Moment, der aber doch anders ist als zuvor.

Die Töne tragen sie. Farbflächen formieren sich vor ihrem inneren Auge. Es entstehen Blumengebinde darin, erst dunkel, dann immer heller. Sie blühen auf und vergehen – bis langsam ein Leuchten durch alle Farben tritt, alle Formen in gelbem Licht aufgehen lässt. Es scheint auf sie zuzufallen. Und als sie ganz ruhig in diesem Strömen wird, ändert es seine Richtung. Hellgrüne und dann dunkelgrüne Flächen ziehen sich hindurch. Bis ein tiefer grüner Farbraum entstanden ist, der sich aber sogleich öffnet und von einem tiefen dunklen, unendlichen Blau abgelöst wird.

Lily holt tief Luft.

Sie kennt dieses Blau. Auch dass es nach einer Weile dann leuchten kann. Wenn sie wirklich alles loslässt und sich im unendlichen Raum fallen lässt.

Zum ersten Mal möchte sie weiter. Begreift: das ist nur der Anfang. Sie hat Angst und doch siegt die Neugierde. Sie vertraut. Glaubt, erstmals auch an sich.

Und damit beginnt das Blau zu strahlen, verliert an Farbintensität und wird immer lichter. Im reinen Licht schläft Lily ein. Mit einem mal ganz tief.

Sie ist in einem riesigen Raum. Hohe Sprossenfenster an den Wänden, durch die ein warmes Sonnenlicht fällt und das Holzparkett warm erscheinen lässt. Draußen der Himmel, zumindest über den Häuserdächern. Sie könnte versuchen zu erkennen wo sie ist. Wie sonst in ihren Träumen, gefühlt ist es New York.

Doch etwas ist anders. Sie blickt an sich herunter. Etwas unsicher auf ihre Füße, sie steht auf Zehenspitzen. Spürt den Boden – weich und warm. Ein sanfter Schritt, sie steht erstaunlich sicher. Ein zweiter. Und ehe sie begreift was passiert, tanzt sie um die eigene Körperachse durch den Raum. Scheinbar schwerelos. Trägt so sich selbst durch die anfängliche Unsicherheit über das eigenwillig vertraut Unbekannte, das nun wie selbstverständlich und tausendfach getanzt durch ihren Körper strömt.

Sie lässt los. Vertraut erneut. Glaubt ihrer Intuition. Und damit öffnet sich plötzlich ein Raum in ihr.

Wieder schaut sie einfach. Womit sich scheinbar aus dem Nichts ein anderer Raum um sie herum öffnet. Größer, offener, schöner, aber unsichtbarer als der vorherige. Diesmal sucht sie nicht mehr nach seinen Dimensionen, sie kann ihn spüren.

Sie scheint plötzlich leichter.

Die Luft frischer.

Etwas klingt, ohne dass sie eine Melodie oder Töne erkennen könnte.

Langsam treten die Konturen von wunderschönen Bewegungen aus dem Dunkel hervor.

Als tanze jemand.

Je länger Lily einfach schaut, desto mehr Gestalten scheinen um sie herum zu sein.

Und immer näher, als schwebten sie herbei.

Bis Lily begreift, dass sie es ist, die tanzt.

Und mit einem Mal ein Licht alles erleuchtet.

Sie ist mitten auf einem Ball.

Wesen in wunderschönen Gewändern huschen an ihr vorbei, lächeln ihr zu. Als wüssten sie etwas, das ihr noch verborgen ist.

Verlegen blickt sie nach unten bei der Erinnerung an ihre sportliche Bekleidung. Doch diese ist einem wunderschönen tiefblauen Abendkleid gewichen, das in allen Farben schimmert und doch einfach unendlich blau wirkt.

Verwundert hebt sie ihren Kopf wieder an. Und wieder begegnet sie mit ihren Blicken dem fröhlich-heiteren Lachen und Zuzwinkern der Wesen um sie herum.

Eines blickt ihr ganz nah tief in die Augen, um mit einem mal zur Seite zu weichen. Und Lily eine weite Fläche im Raum zu öffnen, die niemand zu betreten scheint.

Lilys Herz pocht, ganz leicht, und ohne zu wissen warum schreitet sie auf den leeren Raum zu.

Sie spürt dort etwas – jemanden.

Nach einer Weile schließt sie im Gehen ihre Augen um noch klarer zu fühlen.

Als sie aufblickt schaut sie in zwei wunderschöne braune Augen. Er lächelt sie liebevoll und geduldig an als habe er auf sie gewartet. Und gewusst, dass sie kommen würde...

Fred lässt sich mit Schwung auf Lilys Augenlid fallen, er muss sie zurückholen, ehe Zeit und Raum nicht mehr umzukehren sind.

Sein helles Licht lässt Lily tatsächlich aus ihrem Traum hochkommen.

Mimi, Lulu und Leon haben fasziniert zugeschaut.

Morgensonne

Noah sucht mit seinen Händen nach Orientierung, nach Halt.

Um ihn ist totale Finsternis.

Vorsichtig geht er Schritt um Schritt weiter, nach vorne – gegen eine Wand.

Ihm wird schwindelig.

Warum tut er das?

Warum ist er hier?

Niki hat von Momo erzählt, der ihr wiederum von diesem Raum – Raum? – erzählt hat.

Er sei auf dem Arm seiner Mama hier gewesen, in der totalen Finsternis.

Und sie sei schön.

Noah hat sich mit dem Rücken an die Wand gelehnt, sie gibt ihm Halt.

Bildsequenzen aus Erinnerungen und seinen Wahrnehmungen der Ereignisse laufen vor seinem inneren Auge ab. Jetzt, da es dunkel ist. Er blickt auf in Richtung des vor ihm liegenden Weges.

Aber es scheint nur noch finsterer.

Und er hat keine Ahnung, wie lang er sein wird.

Geschweige denn, wo er hinführt.

Führt er irgendwo hin?

Noahs Herz pocht, wie gern hätte er jetzt eine Lily bei sich, die ihn wie Momo schützt, und vielleicht sogar führt.

Aber wohin führt?

Langsam gewöhnt sich Noah daran, immer erst mit der Hand an der Wand entlang nach seinem nächsten Griff zu suchen und dann vorsichtig nachzuschreiten.

Der Boden scheint eben. Aber neutral, ohne wirklich spürbare Textur. Ebenso die Wand.

Eigentlich spürt Noah insbesondere seine Hand, also sich.

Plötzlich fällt seine Hand ins Leere als er wieder nach vorne greift. Und wieder wird ihm schwindelig. Ob die anfangs andere Wand am Gang noch da ist und ihm jetzt weiterhelfen könnte, weiß er nicht. Er hat nicht darauf geachtet.

Aus Angst, zu weit von seiner Wand abzurücken, tastet er sich langsam mit den Füssen vor. Sicher über den Boden gleitend.

Er zählt die Schritte.

Eins, zwei, drei.

Drehung im rechten Winkel nach links.

Eins, zwei, autsch.

Noahs Schienbein ist gegen eine Kante gestoßen. Er ertastet eine Fläche, gerade recht zum Sitzen. Und auch das kommt gerade recht. Die Finsternis ist also schön...

Jetzt würde er gerne selbst mit Momo reden, der etwas zu wissen scheint, das ihm wohl noch verborgen ist.

Noah blickt in seine, ihm unsichtbaren Hände auf seinem Schoß.

Die Erinnerung an die Elfenfigur in Lilys Händen flackert auf. Mit einem Mal wirkt es auf Noah hell, mitten in der Finsternis.

Mit einem tiefen Luftzug richtet er sich auf – stockdunkel.

Nichts.

Und doch alles.

Alle Farben sind plötzlich da.

Er blickt sich um, quer durch den Raum seiner Erinnerungen, Gedanken, Eindrücke. Wüsste er es nicht besser, würde er auch den Wind, den Schnee, den Regen, die Sonne und so vieles andere spüren.

Hier ist er bei sich, seit langer Zeit wieder.

Erst als seine Tränen in seinem Hemdkragen langsam kühler werden, bemerkt er dass sie ihm runterlaufen. Einfach so. Sie tun gut. Weil irgendetwas wehtut. Er kennt den Schmerz. Im Laufe der Zeit hat er ihn akzeptiert, und sich abzulenken angewöhnt.

Noah blickt durch alles hindurch.

Die Tränen lassen alles verschwimmen.

Er lächelt.

Jetzt kann er in sich hinein blicken.

Seine Hände formen sich als hielten sie eine kleine Kugel, seinen Globus. Er hatte ihn von einem älteren Herrn geschenkt bekommen, als er einmal krank bei dessen Frau Doktor in der Praxis war.

Ein Globus wie aus einer anderen Welt. Mit Grün- und Brauntönen. Die Kontinente mit einer anderen Form... Es war seine Welt, so fühlte es sich an.

Er kann nicht viel älter als Momo und Niki heute gewesen sein. Und mit eben dieser kindlichen Unverblümtheit hatte er diesen älteren Herrn gefragt, ob er wohl auch von dieser Welt auf dem Globus sei.

Anstatt ihm zu antworten, nahm dieser die Weltenkugel und legte sie sanft in Noahs Hände.

„Du wirst ihn finden, wenn du ihn brauchst, bis dahin hüte ihn."

Morgens in der aufgehenden Sonne schien er immer zu leuchten. Und manchmal glaubte Noah früher Wesen darauf zu erkennen, die sich bewegten.

Vom Rieseln der Zeit

Momo blickt bedächtig hin, wie der kleine Sandberg aus der einen Glasseite durch einen dünnen Trichter in die andere Glasseite rinnt. Mitten drin legt er die Sanduhr einfach hin.

„Mama, ich habe die Zeit angehalten."

Lily lacht.

Ja, das Spiel erinnert sie gut.

„Und was passiert, wenn du die Sanduhr jetzt auf den Kopf stellst?"

Momo kneift die Augen zusammen und überlegt angestrengt. Ausprobieren hilft.

Der Sand läuft einfach zurück.

Klar!

Er grinst.

„Ich habe die Zeit umgedreht und kann spielen ... anstatt in den Kindergarten zu gehen..."

Ja, das klingt verlockend. Aber Momo hält zugleich vor Schreck den Atem an, seine Hand ganz fest im Eisbärfell. Was, wenn jemand anderes seine Zeit anhalten oder umdrehen könnte? Oder er aber plötzlich nicht mit den anderen groß und älter würde? Das Ganze ist ihm nicht ganz geheuer.

„Mama, man kann die Zeit nicht wirklich anhalten oder umdrehen, oder?"

„Irgendjemand hat eine große Uhr gestellt, die läuft, aber Zeit ist trotzdem für jeden etwas anderes – und zu allen Zeiten ist Zeit anders. Auch an vielen Orten..."

Momo runzelt seine Stirn. Ja, wenn etwas richtig Spaß macht, geht es immer viel zu schnell vorbei. Und wenn er Zähne putzen soll wie jetzt, dauert es einfach ewig. Lily dreht ihm noch einmal die Zahnputzuhr um.

„Jetzt aber, jedes einzelne Zähnchen, damit die nicht vor ihrer Zeit raus müssen..."

Den Sinn und Zweck, dass die ersten Zähne, kaum sind sie da, auch schon wieder ausfallen und neue nachkommen, hat Momo auch noch nicht verstanden. Ihm kommt das alles gerade noch sehr weit weg vor.

Um sich vorstellen zu können, wie weit Dinge weg sind, geht er mit Lily immer an den Türrahmen mit seinen Strichen.

Wie groß er wann war.

Wie groß er dann und dann wohl sein wird.

Über die Hälfte des Weges hat er schon geschafft bis er groß ist. Das findet er meistens sehr beruhigend. Es sei denn er soll etwas tun, weil er nun groß genug dafür sei.

Wenn es besonders schlimm ist, erzählt Lily ihm die Geschichte von seinen beiden ersten Strichen und was er alles auf dem Weg gelernt hat ohne es nun zu erinnern. Mit 50cm ist er zur Welt gekommen und an seinem ersten Geburtstag war er genau 100cm. Der Arzt hat dreimal nachgemessen, weil er es nicht glauben konnte. Seitdem ist Momo fast einen Kopf größer als die anderen. Gute Aussicht, findet er. Auch für später...

Geschafft.

Der Zahnputzbecher zum Ausspülen ist schon vor seinem Gesicht. Lilys Art zu sagen, los jetzt!

Licht im Dunkeln

Liebevoll schiebt Niki ihr Händchen unter die Finger ihres Papas. Noah blickt verwundert auf und direkt in die frech-fröhlichen Augen seiner Tochter.

Sie wusste, dass er heute Nacht nach Hause kommen würde, und scheint eine herrlich schauerliche Geschichte über ihre Träume erfunden zu haben, um nun im Arm ihrer Mama im großen Bett zu liegen. Immerhin weiß Noah nun, dass sie sich offensichtlich auch noch bestens schlafend stellen kann.

Wie lange sie ihn beobachtet hat, weiß er also nicht.

Und noch viel weniger ahnt er, dass Niki gemeinsam mit Leon einen geheimen Plan ausgeheckt hat. Fred, Mimi und Lulu sind natürlich mit von der Partie.

Raus mit den Füßchen aus der Decke und rein in die Arme ihres Papas. Leise sein und Mama nicht wecken – Nikis Finger ruht auf ihren Lippen.

Also erhebt sich Noah mit ihr auf dem Arm und geht auf leisen Sohlen in sein Zimmer. Sobald die Tür ins Schloss geschnappt ist, kann man sie in der Wohnung nicht mehr hören, wenn sie leise sprechen.

„Warst du beim Licht?"

Niki platzt vor Neugierde innerlich.

Noah nickt.

„Und es war richtig dunkel dort, oder? So dunkel wie es nur beim Licht sein kann?! ..."

Wie herrlich leicht die scheinbar widersprüchlichsten Dinge doch für Kinder einen Sinn ergeben.

„Ja, ich war im Licht."

„Nicht im Licht, beim Licht...!"

Niki schaut Noah eindringlich in die Augen.

„Und du warst im Dunkeln."

Er fällt in seinem Stuhl tief in die Rückenlehne. Im Schneidersitz thront seine Tochter auf seinem Schoß vor ihm und erklärt ihm wie selbstverständlich, was er dort – im Dunkeln beim Licht – nicht erkannt hat. Da gewesen sein kann sie nicht.

„Hat Momo dir das so erzählt?"

„So in etwa…"

Und dabei dachte Noah das mit den etwas verwunderlichen Geheimnissen der Frauen käme erst später.

Niki lässt nicht locker.

„Also wie war es – beim! – Licht?"

„Ich war erst – im! – Dunkeln…"

„Ja, das hatte ich dir ja so gesagt…"

Noah traut seinen Ohren nicht, aber um herauszufinden, welches Ziel Niki – was auch immer gerade geschieht – verfolgt, muss er mitspielen.

„Es war stockfinster, und ich habe eine Weile auf einer Bank gesessen und einfach an vieles gedacht, so wie wenn man tagsüber träumt…"

Niki nickt.

Der Anfang scheint also gut zu sein.

Noah fühlt sich ein wenig wie in einer verkehrten Welt mit einer Tochter voller unschuldiger Lebensweisheit… Geduldig wartend, dass doch vielleicht auch bei ihm der Groschen irgendwann fällt.

„Und wie war es da?"

„Dunkel."

„Das sagtest du schon, mehrfach – aber wie war es dort, warm oder kalt, gab es noch etwas außer einer Bank, war es ein großer Raum?"

Noah zuckt mit den Schultern – von der Bank ist er genau seinen Weg zurückgegangen.

„Nicht so schlimm, du kannst es ja beim nächsten Mal rausfinden."

Fred und Mimi hatten Niki erklärt, dass ihr Papa wahrscheinlich ein wenig Zeit brauchen würde bis er seinen Raum soweit erkundet hat, dass er den Raum an sich begreifen würde.

„Und wie war es dann beim Licht?"

„Es war wieder dunkel, also dort wo man rein geht. Und auch dort wo man ist. Erst einmal sieht man fast nichts. Nur das Licht an der Wand gegenüber. ... wenn man länger dort im Dunkeln davor ist, wirkt es irgendwann heller, und es scheint seine Farbe zu verändern."

Noah spürt wieder seine Verwunderung über ein Lichtbild im Dunkeln, dessen Konturen er einfach nicht ausmachen konnte. Es schien einfach da zu sein, ein wenig ohne Anfang und Ende und doch eben begrenzt.

„Hast du es angefasst?"

Noah schüttelt den Kopf.

Niki seufzt, das wird ein langer Prozess.

„Bilder darf man doch nicht anfassen..."

„Aber richtig gucken ist schon erlaubt?!"

Ihre Augen treffen sich.

Niki grübelt nach, was Fred ihr gesagt hatte, wie sie ihren Papa vielleicht wach rütteln könnte.

„Warum bist du hier?"

Noah stutzt.

„Hier?"

„Ja hier?!"

Womit Niki mit ihren Händchen auf ihn zeigt, wie er im Sessel sitzt.

„Weil du kleine Nachteule anstatt zu schlafen, mich bewegt hast dich hierher zu tragen... und mir bis hierhin noch nicht verraten hast, warum?"

„Fein, also weil du mich lieb hast?"

„Ja, sehr sogar. Deswegen bin ich auch mitten in der Nacht und nicht erst morgen nach Hause gekommen."

Niki weiß das, hört es aber auch gerne noch mal.

„Und warum bist du dann nicht jede Nacht zuhause?"

Seine Frau wünscht sich ebenfalls mehr Zeit mit ihm, aber Nikis Frage klingt anders, es geht um ihn, nicht was sie fühlt.

„Weil ich arbeiten muss..."

„Willst – du könntest auch etwas anderes tun... – wer hat gesagt du ‚musst'?"

Darauf hat Noah keine rechte Antwort, versucht es aber von einer anderen Seite aus.

„Von dem Geld, das ich verdiene, haben wir diese schöne Wohnung und du alle deine schönen Spielsachen."

„Aber viele Spielsachen habe ich doch nur von dir bekommen, damit ich an dich denke, wenn du weg bist – wenn du da wärst, könntest du mit mir spielen."

Okay, 1:0 für Niki.

„Was würden wir denn dann spielen?"

„Was hast du denn früher gespielt, als du klein warst?"

„Ich hatte einen kleinen Globus, der nicht recht von dieser Welt zu sein schien..."

Beinahe rutscht Niki ein freudiges „ich weiß" heraus, das sie aber so gerade in einen Freudenseufzer umwandelt.

Noah spürt, dass sein Töchterchen an ihrem ersten Ziel angelangt ist, woher auch immer sie davon wusste. Er setzt sie auf den Boden und steht auf. In seiner Kiste hinter den Büchern wird der Globus wohl sein.

„Ich baue mir die Welt, wie sie mir gefällt...", singt Niki fröhlich im Kreis um sich selbst drehend und schaut Noah zu.

Vorsichtig holt er die Kiste hervor und stellt sie auf den Teppich auf den Boden.

Schwups sitzt Niki zwischen seinen Beinen um genau zu sehen, was Noah sieht. Noah klappt den Deckel aus warmem, weichem, scheinbar uraltem Holz nach oben. Und Niki blickt auf eine Sammlung der verrücktesten Dinge. Eine alte Sanduhr, ein alter Kompass, alte Notizbücher mit Ledereinband, Zeichnungen, eine Kette mit einem Anhänger, zwei lange Federn... und einer Kugel mit allerlei Zeichnungen darauf. Das muss er sein.

Die Kugel daneben sieht aus wie die Erdkugellampe von Nikis Mama. Diese hatte Noah vergessen. Sanft berührt er den Hinterkopf seiner Tochter mit seinen Lippen, die neugierig und unbesorgt Teil um Teil neben ihnen auf dem Boden ausbreitet.

Er solle sich doch mit der richtigen Welt und nicht mit der seiner Träume und Phantasien beschäftigen. Das Leben sei so kurz, und er wolle doch sicher einmal Frau und Kinder haben, für die er dann zu sorgen hätte. Eines Tages mit seinen Enkeln könnte er gewiss erzählen und Geschichten erfinden.

Noch ehe er zur Schule kam, überreichten ihm seine Eltern die nun vor ihm ruhende Erdkugel.

Niki hebt die beiden Kugeln nebeneinander an, spielt Waage mit ihnen, welche wohl die schwerere sei.

„Meinst du wenn unsere Erde aus dem All fällt landen wir einfach auf der anderen Welt?"
Noah hat einen Kloß im Hals.

Allzu oft hatte er versucht diese beiden Welten in seiner Welt zu ordnen, ihnen eine Reihenfolge zu geben, sich auf der einen zuhause zu fühlen und die andere einfach als Seinsort auf Zeit zu betrachten. Oder er probierte es als Wahrnehmungsspiel, wenn man nur die richtige Tür finden würde, könnte man hindurch in die jeweils andere Welt treten.
Irgendwann vergaß er aber in seinen Gedanken, gelegentlich in jene andere Welt auf dem Weltenglobus von Zeit zu Zeit zurückzukehren. Diese Welt nahm ihn immer weiter in Anspruch.
Und es kam, wie es ihm gesagt wurde. Er tat und wurde etwas ‚richtiges' und sorgt heute für eine kleine Familie.

Und nun sitzt ausgerechnet seine Tochter mitten in der Nacht zwischen seinen Beinen, packt seine Welt mit ihm, fast für ihn, aus, nachdem sie ihm soeben offenbart hat, dass ‚richtig' gemacht vielleicht doch nicht richtig ist.

Licht(im)raum

Wie es sich genau ergibt, dass Noah nun öfter ausgerechnet seine Tochter aus dem Kindergarten abholt, wenn Niki und Momo zusammen spielen, weiß Lily nicht. Sie bemerkt es, zieht aber keine Schlüsse daraus.

Die Kinder führen fast Regie wenn ihre Eltern aufeinander treffen, als folgten sie einem Plan und seien ihnen so immer einen Schritt voraus. Im Kinderreich lässt Lily es geschehen, fügt sich ein.

Nach einer Weile ist auch Noah fest in das Spiel von Niki und Momo integriert. Und so scheint es ihm ganz natürlich, dass er Lilys Haare sanft zur Seite streicht, als ihr Haarband sich löst, während sie Niki beim Aufspannen eines Tuchs zur Hand geht.
Lily blickt verwundert auf. Für einen Augenblick ist Noah seine Geste peinlich, aber sie lächelt. Und blickt ihn einfach an. Ihre Augen wirken seltsam vertraut, wobei er nicht weiß woher.

„Sind wir uns früher schon einmal begegnet?"
Sie schüttelt den Kopf.
„Ich erinnere nichts."

Je länger sie Noah anschaut, desto mehr fühlt es sich auch für sie wie eine zweite Begegnung an.
Niki ist fertig.
„Und jetzt brauchen wir die Welt, deine Welt, Papa."
Mit ausgestreckten Armen steht sie recht wissend dreinblickend vor Noah. Der seine Tasche öffnet und ihr einen dunkelblauen Samtbeutel reicht.
Niki legt diesen in Lilys Hände, öffnet ihn und holt die Weltenkugel heraus.
Lilys Herz schlägt bis zum Hals.
Sie blickt Noah an, zurück zur Kugel, wieder zurück zu Noah.

Sie setzt an etwas zu sagen, schüttelt dann aber den Kopf. Momo und Niki wissen offenbar wie es weitergeht, tun aber recht unbeteiligt. Schönes Schauspiel, zwei aus dem Konzept gebrachte Elternteile...

Zum ersten Mal spricht Lily direkt mit Noah.

„Noah, richtig?"

Nicken.

„Mein Opa hatte einmal eine solche Weltenkugel. Er schenkte sie eines Tages einem kleinen Jungen, den meine Oma als Ärztin unten in der Praxis behandelte."

Noah zuckt zusammen – er erinnert sich an ein kleines Mädchen mitten in der Arztpraxis, das irgendwie dort zuhause schien.

„Dann sollte es wohl deine Weltkugel sein?!"

Er fühlt sich eigenartig im Besitz dieses Globus zu sein.

„Nein, ich hatte die Welt an sich mit meinem Opa, deswegen brauchte ich die Weltenkugel nicht. Wir hatten abgemacht, dass wenn ein Kind danach fragen und es meinem Opa recht erscheinen würde, er sie weitergibt. Sie gehört nämlich niemandem der Geschichte nach. Auch mein Opa hat sie einmal geschenkt bekommen. ... ich habe nur nicht gedacht sie noch einmal zu sehen. Ich erinnere sie größer, wohl weil ich kleiner war."

Niki und Momo tanzen und jauchzen recht zufrieden mit ihrem eigenen Werk.

Noah blickt auf die Weltenkugel in seiner Hand.

„Ich würde die Geschichte gerne hören, auch warum dein Opa sie so lange hatte..."

Aber das hat Zeit.

Nicht dagegen das zweite Vorhaben seiner Tochter, die auf Noahs Rücken klettert und Lily auffordert.

„Dann kannst du meinem Papa ja auch gleich erzählen, wie das mit dem Lichtbild funktioniert. Der traut sich nämlich nicht, es anzufassen obwohl ich ihm gesagt habe, er soll's tun."

Wie herrlich selbstverständlich Kinder doch Unzulänglichkeiten ihrer Eltern frei ausplaudern.

Lily begegnet Noahs etwas unsicherem, aber neugierigem Blick, und lacht.

„Was nicht da ist, kann man auch nicht anfassen... ganz nah dran gehen und es einfach berühren hilft."

„Ist schön", schiebt Momo grinsend hinterher.

„Ich will auch mal dahin, Papa."

Aufbruch für heute.

Zeit

Fred landet bewusst unbemerkt auf Lilys Schulter. Er möchte ihr so nah wie möglich sein. Sie spüren. Etwas wühlt sie auf. Aber er weiß noch nicht was.

Mit welcher Wucht Raum und Zeit sich ihr auftun würden hatte er selbst nicht geahnt. Sie ist zurück und doch nicht. Als sie an jenem Morgen aufwachte, wusste sie, sie hatte geträumt. Sie fühlte es. Ganz klar. Auch die Nähe von jemandem. Aber die Bilder waren zunächst weg.

Intuitiv kuschelte sie sich daher zurück in die Decke und ließ sich einfach wieder fallen. Und zum ersten Mal konnte sie einen Traum zurückholen – wobei es sich nicht recht nach einem Traum anfühlte, eher nach einem Erlebnis.

Es erscheint ihr noch immer sehr real. Manchmal realer als das, was sie tagsüber erlebt. Nur die gelegentlichen Momente mit Noah und den Kindern wirken wie in beiden Realitäten richtig.

Wenn er sie lange und ruhig anblickt, schiebt sich das Bild aus ihrem Traum, kurz bevor sie aufwachte, vor ihr inneres Auge. Aber er kann das nicht gewesen sein. Nein, gewiss nicht. Es war eine andere Welt... Und sie hatte Noah nur einmal kurz gesehen, na ja zweimal, wenn man die Kinderbegegnung hinzuzählt.

„Sie ist noch nicht so weit, oder?"
Mimi ist Fred zur Hilfe geeilt. Und auch Lulu und Leon fliegen herbei.
„Warum tut sie sich so schwer?"
Lulu schiebt sich unter Freds Arm und krault seinen Bauch. Das tut ihm gut.
„Sie muss erst den Glauben an sich selbst im hier und jetzt, nicht nur im Traum finden, ehe sie Noah erkennen kann."
„Wir sollten ihr helfen..."
Lulu ist dafür.
„Das können wir leider nicht... das kann nur Noah."

Langsam versteht Leon warum Niki und Momo gelegentlich ihre Eltern gerne ein wenig einfacher gestalten und beschleunigen würden.

„Das kann ja was werden."

„Das muss was werden!"

Fred ist auf den Beinen.

„Wir müssen nur einfach weiter über Bande spielen.

Du, Leon, überzeugst Niki, ihrem Papa ein kleines Kuscheltier in seinen Koffer zu packen, als Umkehrung des Prinzips – er erinnert sich an sie, und überwindet so hoffentlich ein wenig seine Angst. Und dann beginnt er hoffentlich endlich darüber nachzudenken, warum er hier ist.

Lulu, du überzeugst Momo, sich recht viel von seiner Mama über die Weltenkugel erzählen zu lassen – dann erinnert sie sich. Ihre Geschichte für Noah wird dann eine andere sein, die ihrer wiederentdeckten Gefühle und Gedanken. Aber dazu, wenn es an der Zeit ist...

Mimi, du begleitest Noah beim Lesen, und immer wenn er zu lange die Bücher aus der Box der fünf Elemente vergisst, lass' sie funkeln.

Und ich wache über Lilys Träume, schicke ihr immer wieder Noah vorbei."

„Klingt nach einem Plan – aber was muss Noah dann letztlich tun, damit Lily schlussendlich an sich glaubt und Noah erkennt? Jetzt hier in dieser Welt, meine ich..."

Fragen darf man, auch wenn Lulu weiß, nur das Erleben zählt, eine Antwort wird's jetzt nicht geben...

Schwarzer Puma

Noah begrüßt den Museumswächter mit einem Augenzwinkern, das dieser wissend lächelnd beantwortet.

Wie viele wohl recht bald ein zweites Mal herkommen?

Und ob er sich alle Gesichter merken kann?

Er wirkt ein wenig wie einer der Royal Guards in London.

Szenen aus Francis Alys gleichnamigem Film ‚The Guards' laufen vor Noahs innerem Auge ab. Wie Alys es schaffte eine ganze Truppe von ihnen durch London nach einer scheinbar perfekten Choreographie aufeinander zu laufen zu lassen? Wie weiträumig doch abgesperrt gewesen sein muss, damit sie marschieren konnten.

Raum und Zeit schienen erst gedehnt und dann komprimiert in den Filmsequenzen. Wohl weil in der menschenleeren Stadt unklar war, zu welcher historischen Zeit sie eigentlich unterwegs waren.

Noah ist im Lichtbildraum angelangt.

Zwei andere Besucher betrachten das Bild. Und wie er trauen sie sich nicht vor, bleiben in größerer Distanz als zu anderen Bildern im Licht einfach stehen.

Erst als er alleine ist, geht Noah langsam vor. In seiner Hand der kleine Stofftierpuma seiner Tochter.

Sie hat ihm aufgetragen ihn mitzubringen, damit er ihr genau berichten könne. Eine Kamera wird sie wohl kaum eingebaut haben, aber Noah hat Respekt vor ihrer Art die Dinge herauszufinden und manchmal ihn wie einen Naseweis dastehen zu lassen. Also darf der Puma bis nach vorne mit ans Bild.

Ein wenig tut es sogar gut, etwas Weiches in der Hand zu halten...

Noah streckt die Hand aus, innerlich schon vorbereitet auf den Alarm, den er wohl, kaum an der Bildoberfläche angelangt, auslösen wird.

Aber er greift ins Leere.

Besser ins Licht.

Er steht an einer Raumkante.

Und wie ein großes Fenster öffnet sich ein weiterer Raum dahinter.

Der erleuchtet ist.

Mit Röhren unterhalb der Empore vor ihm.

Nach einer Weile zeichnen sich sogar die Konturen ab.

Noah lacht: „Was nicht da ist, kann man auch nicht anfassen."

Lilys Worte.

Ein Hohlraum als Bild.

Noah tritt zurück.

Und mit diesem Wissen wirkt das Lichtbild noch gigantischer und fantastischer auf ihn.

Wie viel ein kleines Aha-Erlebnis doch verändern kann.

Auf dem Weg in die Finsternis nimmt er diesmal bewusst die andere Seite des Gangs.

Er wirkt viel kürzer, was natürlich nicht sein kann.

Einen zweiten blauen Fleck am Schienbein vermeidet Noah auch geschickt.

Für einen Moment unschlüssig ob er sich wieder setzen sollte, entscheidet er sich den Raum zu erkunden.

Dort wo die Wand aufhört, ist wie im Lichtbildraum eine Empore.

Beim ersten Besuch hatte er nur nicht tief genug gegriffen.

Einmal ringsherum gegangen, geht Noah gefühlt in die Mitte der halbhohen Mauer und blickt in die Ferne.

Ganz andere Bilder und Gefühle als beim ersten Besuch tauchen in ihm auf. Näher, präsenter, eher im jetzt. Und sogar Gedanken an die nächsten Wochen und Monate. Die Frage, warum er Lily wiederbegegnet ist.

Kurz ist er versucht über die Mauer zu steigen und den tatsächlichen Raum dahinter zu erkunden.

Ob es einer ist? Mitten im Museumsgebäude kann es nur einer sein...

Aber welche Beschaffenheit und Dimension er hat?

Wie hoch oder tief der Boden im Vergleich zu ihm jetzt ist?

Vielleicht ein anderes Mal.

Draußen angekommen blendet zunächst das Licht. ‚James Turrell' steht auf einem kleinen Schild neben dem Eingang. Drinnen könnte es auch keiner lesen...

„Gut gemacht", murmelt Noah halb dem Puma und halb sich selbst zu.

Wiederentdeckung

Lulu tanzt vor dem großen Spiegel im Flur verträumt mit ihrem Spiegelbild. Rückt ihr Haar zurecht, vergewissert sich, dass alles recht hübsch und doch ein wenig wild ausschaut, ja nicht zu brav. Leon lässt sich im freien Flug vor sie fallen und versperrt ihr die Sicht. Sie möchte ihn wegschubsen, freut sich dann aber zu sehr ihn zu sehen. Und greift nach vorne.

Schwups, weg ist er.

Taucht hinter ihr wieder auf.

Und blickt sie durch den Spiegel an.

Tippt auf ihre rechte Schulter.

Fliegt aber links um sie herum.

Klaut ihr ihren Haarreif.

Um ihr sofort seinen Hut aufzusetzen.

Der Lulu ins Gesicht kippt... zu groß.

Ehe sie ihn zurecht rücken kann, stupst Leon sie liebevoll in die Seite.

Wieder greift ihre Hand ins Leere.

Dann die andere Seite...

Bauch, Rücken...

Lulu schließt ihre Augen.

Es hat keinen Zweck.

Er ist schneller.

Außerdem spürt sie ihn.

Sie lässt sich in ihre Intuition fallen.

Aber anstatt wirklich aus der Luft zu purzeln schwebt sie plötzlich scheinbar mühelos.

Leon beobachtet wie Lulus Haltung mit einem mal ganz ruhig und entspannt wirkt. Er mag sie nicht mehr necken, sondern nimmt vorsichtig ihre Hand.

Führt sie.

In sanften Bewegungen.

Sie spürt jede Unsicherheit von ihm, stockt dann im Fluss ihres Schwebens.

Und so begreift auch Leon, dass er sich fallen lassen muss, um Lulu wirklich zu führen und zu spüren in ihrem Lufttanz.

Er fliegt hinter sie.

Schließt seine Arme um sie, wie dieser Tage.

Irgendwann atmen sie im gleichen Takt, als würden sie gemeinsam von einer Welle getragen.

Und damit lässt Leon Lulu in seinem Takt mitschwingen.

Dreht sie um die eigene Körperachse.

Ihre Hand gerade so weit ausgestreckt, dass er sie abfangen kann.

Sie lacht.

„Erinnerst du das Schaukeln? Und wie wir uns eingedreht haben?"

„Ja."

Es ist alles noch nicht lange her und doch scheint es so weit weg. Jetzt aber ist es wieder da, in ihnen in diesem Moment vor dem Spiegel.

Niki flitzt um die Türecke.

„Papa!"

Und lässt sich in Noahs Arme fallen, der Puma bereits in seiner Hand. Ein tiefer, prüfender Blick in seine Augen – alles bestens. Platz für Mama.

Noah ist fast ein wenig unsicher, als er seiner Frau entgegentritt. Er spürt, dass die Zeit sie ein wenig entfernt hat, ganz gleich wie nah sie sich doch im gemeinsamen Zuhause zu sein scheinen. Er erinnert wie sie sich begegneten und zueinander fanden.

Fanden sie wirklich zueinander?

Hat er sie nicht von Anbeginn auch für das in seiner Welt recht ungestört bleiben geliebt? Was ihm jetzt fast ein wenig absurd erscheint.

Und doch verbindet sie ihr gemeinsames Leben.

Er nimmt sie sanft in den Arm.

Sie ist so sehr in dieser Welt, dass sie seine Gedanken kaum erahnt.

An sein gelegentliches scheinbar unerreichbar sein, hat sie sich längst gewöhnt. Sie weiß, er ist dann ja einfach bei sich.

Noah ist das recht bewusst.

Und für einen Moment wünscht er sich, so dürfte es auch bleiben. Aber seine kleine Tochter hat ihn die Holzkiste öffnen lassen. Und was er dadurch beginnt wiederzuentdecken, ist der einzige Weg, Niki wirklich in ihr Leben zu begleiten.

„Warum muss alles Schöne auch wehtun?"

Lulu ist in Leons Arm gekuschelt und hakt sich gleichzeitig bei Fred ein.

Mimi, an Freds anderer Seite, fügt mit einem tiefen Luftzug an.

„Jetzt ist der Lauf der Dinge nicht mehr aufzuhalten."

28

Lily blickt verträumt in die im Wind tanzenden Baumblätter vor dem Fenster. Die Gedanken des Texts vor ihr neben den Abbildungen von Zeichnungen, Gemälden und Skulpturen mischen sich mit ihren Gedanken.

Am liebsten liest sie die Aufzeichnungen der Künstler selbst, die ihr wie eine Erweiterung von deren Werken erscheinen – hinein in jenen Raum, den sie nicht zeigen, sondern nur öffnen können. Der Raum der Künstler. In denen Zeit und Raum neue Kategorien erhalten, alles plötzlich ganz nah oder ganz fern, ganz lang oder ganz kurz ist. Und man nie weiß, meint der Künstler es nun räumlich oder zeitlich.

Lily liebt ihre kleinen Ausflüge in diese Räume. Sie spürt sich eigenwillig intensiv und vergisst sich doch dabei. Als löse sie sich körperlich in dem Spiel von Raum und Zeit auf und sei einfach nur noch mit ihren Gedanken und Gefühlen, ihren Sinnen da.

Wenn sie lange genug einfach schaut, verschwimmen die in der Sonne leuchtenden Blätter vorm Fenster vor ihren Augen und ihre Bewegungen werden zu Szenen ihrer Kindertage im Künstleratelier mit ihrer Freundin. Wie sie oben unterm Dach durch die umgebaute Fabriketage flitzten. In einer Welt, die so voller Licht und Farben war, dass sie oft die Welt draußen über Tage vergaßen. Wenn ihr Spiel sich wie selbstverständlich durch die Nächte halb durchzog, sie manches Mal an einem gemütlichen Ort einschliefen und morgens doch im Bett aufwachten.

Jemand hatte sie im Reich ihrer Träume hinüber getragen. Und dann tapsten sie kaum wieder wach eine nach der anderen auf Zehenspitzen entlang von Bildern und eigenen Spielkonstruktionen zum Podest, wo es etwas zu essen gab.

Einige Bilder erinnert Lily seit jeher als Teil ihrer Welt. Als seien sie ein Tor, zu diesen fantastischen Abenteuern – und damit zu sich selbst.

Diese Magie von Kunst ist Lilys erste bewusste Erinnerung an etwas konkretes, bildliches, und damit greifbares. Ein Buch ihres Opas mit Farbabbildungen von Naturstudien von Albrecht Dürer, so auch dem berühmten Hasen, studierte sie regelrecht als Kind. Wollte jeden Pinselstrich erkennen. Verstehen, wie Dürer einen einst lebenden Hasen der Zeit entreißen und auf Reisen quer durch die Zeit zu schicken vermochte. Und betrachtete dann den großen Hasen ihres Spielkameraden recht genau.

Es war ein eigenwillig intelligentes Tier. Er kannte sich im Ort aus und hoppelte ihnen nicht selten entgegen wenn sie von ihren Streifzügen die Straßen zu seinem Elternhaus hochkamen. Und er war so schwer, dass sie ihn auch zu zweit nicht tragen konnten.
Die Großen verstanden ihre Tränen nicht, als er recht alt einfach starb.

Lilys Finger fahren sanft über die Abbildung von Georg Kolbes ‚Morgen' vor ihr. Eine sich grazil emporschwingende weibliche Aktskulptur. Das eigene Erwachen. Erschaffen von den Händen eines Mannes.
Ihr kommt die sanfte Geste von Noah in den Sinn, die sie eigenwillig berührt hat. Er war zärtlich ohne Besitzanspruch, selbst in dem Moment, und schien eher einem Gefühl zu folgen.
Langsam zeichnet Lily eine ‚2' vor sich aufs Blatt und fährt die Kontur mehrfach nach. Dann legt sie genau spiegelverkehrt eine zweite ‚2' dagegen und zieht wieder die Konturen nach. Dann nur noch die des entstandenen Herzens in der Mitte.

Wenn zwei sich begegnen und berühren öffnet sich ein Raum der Liebe, so reimten sie es sich als Kinder immer zusammen. Ein solcher Moment muss Georg Kolbe zum ,Morgen' inspiriert haben, den er quasi für die Ewigkeit hinterließ.

Mit einem tiefen Luftzug zeichnet Lily eine Horizontale ,8' – das Zeichen der Unendlichkeit – direkt unter das ,2'er-Herz.

Gelb.

Ihre beiden gelben Zahlen.

Denn nur so können sie im Blau leuchten. Dem unendlichen Raum des Seins.

Zumindest für sie.

Zeit des Erwachens

Leon hat einen ruhigen Moment mit Mimi gesucht.

„Wie lange kennst du Fred wirklich schon?"

Sie lächelt.

„Eben so lange wie unser Raum weit ist."

Leon nickt.

„So fühlt es sich mit Lulu plötzlich auch an. Ich weiß, seit wann ich sie kenne, und doch kenne ich sie weit darüber hinaus – dann, wenn sie mich lässt."

„Du wirst dich an das rätselhafte weibliche Wesen gewöhnen, und je weniger du es zu verstehen versuchst, desto offensichtlicher wird es dir werden. Habe vertrauen, zuerst einmal in dich."

Wie beim Tanzen, denkt Leon bei sich.

Und damit lässt Lulu sich aus der Luft direkt vor ihn fallen, packt seine Hand, mit der anderen Mimis und zieht die beiden mit sich.

Fred wartet unweit, und übernimmt sofort die Führung. Mimis Herz schlägt schneller – das Herz und die Unendlichkeit. Lily hat die Elemente gerufen. Sie hat die Liebe und ihren Glauben daran wiedergefunden.

„Kinder."

Fred guckt in zwei grinsende Gesichter – sie lassen es ihm durchgehen, auch wenn das nun wirklich vorbei ist.

„Die Zeit des Erwachens ist angebrochen."

„Stimmt, wir haben zuletzt gar nicht mehr geschlafen und sind topfit..."

Bis hierhin hatte Lulu das als Zufall betrachtet.

Und während sie spricht, öffnet sich ihr mitten in dem Herzen und den Kreisen des Unendlichkeitssymbols eine Welt, nah und doch fern.

Mimi und Fred nicken einander zu und führen ihre beiden Schützlinge fest eingehakt recht nah an die Weltentore.

Eine frische, warme Brise weht ihnen entgegen. Sonnenstrahlen dringen durch das Blattwerk eines endlosen, lichten Walds. Und während sie scheinbar nach unten schweben, erkennen sie den Zentauren wieder, der Noah zu Lily brachte. Ein Knistern im Unterholz holt ihn aus dem Schlaf. Noah mit Lily an seiner Hand. Sie sitzen gemeinsam auf. Sanft schwingen sie in den Bewegungen des Zentauren mit. Allerlei Vögel begleiten sie immer wieder ein Stück des Weges. Mit manchen scheint Noah zu sprechen, als seien sie Wächter der Lüfte und überbrächten ihm Botschaften oder nähmen Aufträge entgegen. Lily lässt ihre freie Hand durch die Blüten und Blätter der Sträucher gleiten, spielt mit den Schmetterlingen, ihr Kopf ruht seitlich auf Noahs Schulter.

Plötzlich galoppiert ihnen ein weiterer Zentaur mit donnernden Hufen entgegen. Kaum zu Atem gekommen, weist er mit wilden Gesten in Richtung eines großen dunklen Baums unweit des Weges.

Noah zuckt zusammen und greift nach Lilys Hand auf seinem Bauch.

Ein zuvor unsichtbarer Pfad tut sich neben ihnen auf.

Ein kleines Stück trägt der Zentaur sie noch, ehe ein Zwerg Noah und Lily weist abzusteigen und zu Fuß weiter zu gehen.

Und ehe sie den dunklen Baum erreichen, verwandelt dieser sich in ein leuchtendes Tor, das sich vor ihnen leicht öffnet.

Einige Stufen führen sie erst herab, dann wieder hinauf.

Und obwohl es an der Zahl gleich viele waren, wirkt es doch wie eine andere Ebene. Vor ihnen ein langer Pfad, der in einer gläsernen Brücke mündet. Berühren ihre Füße den Boden, funkeln Sterne wie in einem Gewölbebogen über ihnen auf.

Lily legt ihre andere Hand auf Noahs, mit der er sie hinter sich her führt. Er bleibt stehen, blickt sie an und legt auch seine Hand darauf.

In diesem Moment verwandelt sich ihre Umgebung mit einem Feuerwerk aus Lichtern in einen riesigen Innenraum.

Und Lulu, Leon, Mimi und Fred können plötzlich hören, was passiert. Es knistert und klingt, als wäre der Raum voller Kristalle.

„Hör' auf dein Herz."

Noahs Lippen ruhen auf Lilys Stirn vor ihm.

„Und schließ' die Augen".

Mit einem tiefen Atemzug schließt auch er seine, womit plötzlich eine wunderschöne Melodie erklingt. Untermalt von einem weichen Rhythmus.

„Ihr seid es wirklich."

Ein in tief blauen Gewändern gekleideter Herr, wie aus dem Nichts aufgetaucht.

„Eure Herzen schlagen als eins – im Puls der Zeit."

Lily blickt fragend zu Noah auf und hebt an etwas zu sagen, doch er legt sanft seinen Finger auf ihre Lippen.

„Die Zeit des Erwachens ist gekommen."

Eine elfenartige Lichtergestalt schwebt heran.

Und mit ihr drei weitere Wesen, jeweils in ganz reinen Farben – gelb, rot und grün – gekleidet.

Kinder des Lichts

Lily dreht sich in Noahs Umarmung zu den wundersamen Gestalten um, schiebt ihre Hände fest in seine.

„Jemand hat die Dunkelheit gerufen... in einer Welt weit vor unserer Zeit."

Fred zuckt vor Schreck zusammen – ‚in einer Welt weit vor unserer Zeit'...?

„Ihr seid die Kinder des Lichts, geboren im gleichen Moment des Raums, was eigentlich unmöglich ist, wie es mir im Traum aber erschien...”

Die Elfengestalt schaut Noah und Lily prüfend in die Augen.

„Wir werden euch auf die Reise schicken, das Licht zurück zu bringen.”

„Es bleibt uns nicht viel Zeit, euch vorzubereiten.”

Der Herr in Blau hält ein großes Buch in seinen Händen...

„Potzblitz – sie hätten uns auch kaum mit einer größeren Aufgabe betrauen können als der Umkehrung des Raums?!”

Wenn er wüsste bei wem würde Fred sich tatsächlich beschweren. Andererseits fühlt er sich auch auserwählt. Lulu, mit ihrem fröhlichen Wesen auf Lösungen aus, stupst ihn einmal wieder kräftig in die Seite.

„Ist doch klar: Noah muss sich erinnern, er ist die Vergangenheit, deswegen hat er auch den Globus. Und Lily muss ihre gemeinsame Geschichte in der Zukunft schreiben. Sich also auch erinnern, aber anders. Deswegen hat sie ihren Opa, der scheint etwas zu ahnen?!”

„Und ihr Uropa wusste etwas – hätte ich es damals geahnt...”, fügt Fred an.

„Aber nur Noah und Lily – jeweils für sich und doch gemeinsam – können es vollbringen”, wendet Mimi ein.

Leon, inzwischen ein wenig mit Nikis Gefühlswelt vertraut, denkt laut.

„Und nur wenn sie diese eigenwillige Sehnsucht empfinden, können sie ihre Bestimmung erfüllen, weil sie sich öffnen, und damit ihr Glück im unendlichen Zeitenraum finden. Auch miteinander, nur anders als die Menschen es gewöhnlich kennen.”

Unausgesprochen begreifen Fred und Mimi, warum nicht nur Noah und Lily Niki und Momo brauchen, sondern sie beide auch Leon und Lulu. Die betrachten es alles als ein großes Abenteuer und können es kaum erwarten, sie glauben an das, was kommt, was immer es ist, der Zauber der Jugend... und dieser Glaube steckt an, auch Fred und Mimi.

Wenn vorne hinten ist

„Erzähl' mir weiter von den Elfen und Feen..."
Momo schaut Lily mit strengem Blick und verschmitztem Grinsen an – sein Ausdruck, wenn er etwas wirklich möchte und es kaum erwarten kann.
„Reicht das Spiel mit Niki tagsüber denn nicht? Irgendwann magst du gar nicht mehr zurück in diese Welt..."
Lily lacht.
„Du kannst ja mitkommen, und Niki und Noah...", entgegnet Momo.
Lulu fliegt direkt vor Momos Augen.
„So war das aber nicht abgemacht?!"
„Du wirst mit deiner Mama in jene andere Welt reisen, eines Tages...", beschwichtigt Fred, „aber sie muss das Tor öffnen, und du musst ihr jetzt dabei helfen, okay?"
„Außerdem hat er uns vergessen", schiebt Lulu noch beleidigt hinterher.
Aber Momo ist schon in seinen Gedanken und holt tief Luft. „Mama, erzähl' mir von den Elfen der Elemente weiter... Blau, Gelb, Rot, Grün und dem fünften Element, dem Licht."

„Also, damals in einer Welt weit vor unserer Zeit..."

„Wer sagt denn, dass die Welt der Elfen und Elemente vor unserer Welt war und nicht auch oder erst nach unserer Zeit kommt?"

Momo hat sich sehr konzentriert, um die Frage genauso aufzusagen wie Fred sie ihm geduldig beigebracht hat.

„Na ja, im Fluss der Zeit durch den Raum liegen Dinge hinter und vor uns..."

Lily stockt.

„Sie muss sich nur umdrehen, dann ist vorne hinten und hinten vorne", souffliert Lulu Momo ins Ohr.

Das kitzelt und er lacht; und dabei dreht er sich zu seiner Mama um.

„Jetzt ist hinten vorne."

Kopf weg.

„Und jetzt wieder vorne hinten..."

„Okay."

Mit ihrer Einwilligung in das Perspektivspiel durch den Raum dreht sich vor Lilys innerem Auge der unendliche Raum des Kosmos. Was sie hinter sich dachte, liegt einfach vor ihr. Als habe jemand eine riesige Drehscheibe um sie herum gedreht, in deren Mitte sie sich zuvor aus-gerichtet hat. Und alles erscheint in völlig neuem Licht.

Kaum manifestiert sich dieser Eindruck in allen ihren Gefühlen, kann sie sich auch schon nicht mehr umdrehen.

Die Dinge liegen vor ihr, auch wenn sie waren.

Egal wie sehr sie den Kopf schüttelt und es erst nicht fassen kann.

Dann aber doch ihren Glauben an ihre Erlebnisse, Gedanken, Gefühle und ihre Intuition spürt.

Das ist sie, das kann ihr keiner nehmen...

„Sie schafft es wirklich."

Fred spürt wie ihn eine seltsame Energie durchströmt.

„Also, in jener fernen Welt weit vor uns..."

„Momo, du bist wieder dran!", flüstert Lulu.

Dass eine Gutenachtgeschichte aber auch so anstrengend sein muss...

„Mama, also...", Momo verleiht seiner etwas ungeduldigen Stimme mit seinen Handgesten Nachdruck.

„Wenn du mir jetzt von den Elfen und Feen und den fünf Elementen in jener Welt nach unserer Welt erzählst, dann ist das zumindest für dich, und auch für mich, nicht weit weg. Weil die Welt dann ist ja in dir drinnen, du holst sie nur in diese Welt. Damit sie dann als Welt nach unserer sein kann. Denn es ist ja alles im Fluss der Zeit im ewigen Raum. Das hast du mir selbst erzählt. Es braucht das Kontinuum, das sind wir..."

Lily seufzt.

Momo hat eine eigenwillige Art ihre Argumente, wenn sie es am wenigsten erwartet, zu seinen zu machen, um sie von etwas zu überzeugen.

Tatsächlich erscheint ihr, den Worten ihres Sohnes lauschend, der nun vor ihr liegende Raum immer näher, offener und auch weiter, als sei sie einfach eingetreten. Ihre Hand streichelt über Momos Kopf, dass er ihr zeigen kann wie sie ihren Raum in sich entdeckt und zugleich eintritt, als gäbe es eine Tür, als würden zwei Welten vereint.

Licht

Momo und Niki stürmen auf Lily zu und ziehen sie an ihren Händen mitten in ihre Welt. Ein Sitzkissen liegt für sie auf dem Boden bereit. Und ehe sie sich versieht, legt Niki ihr ein wunderschön geschmücktes Tuch um die Augen.

„Du darfst nichts sehen, du musst gucken, also richtig gucken."

Eine bestechende Logik...

Lily spürt erst nur die Händchen der beiden, wie sie emsig ihren Körper in Position bringen, eine Art Schneidersitz, dann bitte die Hände in den Schoß legen.

„Darf ich...?"

„Nein, du musst einfach still sein und still sitzen."

Klingt fast nach Revanche für manch' einen Erziehungsmoment.

Lily lächelt und nickt.

Schon verstanden.

Und sie ahnt, dass sie wohl länger so still sitzen und ruhig sein soll – mit einem tiefen Atemzug lässt sie sich in ihre Haltung fallen.

Sie weiß, je weniger sie versucht zu erahnen, was um sie herum passiert, desto entspannter und leichter fühlt sie sich.

Die Stimmen der Kinder rücken immer weiter weg.

Es ist mehr ihre Präsenz, die Lily wahrnimmt.

Auch als wohl Niki etwas vorsichtig in ihre offenen Hände legt und sanft Lilys Finger darüber schließt, geschieht dies für Lily in ihrem inneren Raum. Der sich immer weiter öffnet, je weiter sie sich von den Alltagsdingen entfernt.

Irgendwann, sie weiß nicht wann, wie viel Zeit verstrichen ist, spürt sie recht deutlich eine Art Wärme an ihrer Seite, die sie ein wenig zurückholt. In ihren Gedanken ist es die Sonne, die sich vielleicht doch noch durch die Wolken gekämpft hat.

Sie zuckt zusammen, das wäre auf der anderen Seite...

Noah blickt auf Lily, vor der er hockt, seine Tochter hat ihn mit den Fingern auf den Lippen als Zeichen zu schweigen zu ihr geführt.

Er begreift, dass sie ihn spürt.

Er soll ihr das Tuch abnehmen. Niki stemmt ihre Ärmchen in ihre Seiten und blickt fest in seine Augen, nach dem Motto ‚los jetzt!'.

Noah schüttelt den Kopf, er würde Lily womöglich zu nahe treten, sie gar verletzen.

Okay, Strategiewechsel.

Niki nimmt seine Hand und legt sanft ihr Köpfchen hinein.

Noahs Herz pocht, wie einfach es die Kinder doch haben, Gefühle zu leben und in klare Gesten zu packen.

Seine Tochter reicht ihm seine Hand mit ihren beiden Händen zurück, hält aber direkt neben Lilys Gesicht an.

Und lässt los.

Jetzt hätte sie ihm wenigstens zu Ende helfen können.

Aber nein, so wie Noah ihr immer sagt, den letzten Schritt musst du selbst gehen, ich kann dich nur bis dahin begleiten, ist er nun auch auf

sich gestellt. Und das jetzt vor den Augen seiner Tochter nicht hinbe-
kommen, ginge einfach nicht.

Sanft legt er seine Hand an Lilys Wange.

Er zittert.

Aber sie weicht nicht zurück.

Er spürt ein ganz leichtes Lächeln unter seiner Hand.

Und während er langsam mit Lilys Hilfe Vertrauen in seine Geste fasst,
lehnt er sich leicht zu ihr, um mit der anderen Hand den Knoten im Tuch
hinter ihren Kopf zu lösen. Er nimmt es langsam nach vorne um den
Moment des Anschauens selbst zu steuern.

Aber ihre Augen sind geschlossen. Noah hält inne, sie vertraut ihm,
damit hätte er nicht gerechnet. Er fällt ganz auf sich zurück und vergisst
die Kinder im Raum für den Moment.

Er führt Regie.

Ohne die Hand von Lilys Wange zu lösen zieht er vorsichtig das Tuch
ganz zu sich und legt es auf seinem Schoß ab.

Inzwischen kniet er.

Wie unsicher er doch über die kleinen Gesten ist.

Wieder hilft Niki – ihr Händchen über ihre Augen, und schwups zur Seite
damit.

Richtig, ihr Spiel, sie macht die Augen zu, und wenn er seine Hand
wegnimmt, darf sie sie öffnen. Ihr Verabschiedungs- und Ankommens-
Ritual, dann ist es nur ein Augenblick, dass er weg war...

Lily spürt wie Noahs Hand sich auf ihre Augen legt. Sie lächelt. Er jetzt
auch.

Plötzlich begreift er den Zauber dieses Moments. Ihre Kinder haben sie in ihr Spiel entführt und ihnen so den Zugang zu ihrer eigenen Welt wieder aufgezeigt. Hier und jetzt darf Noah tun, was ihm in der ‚richtigen' Welt verwehrt scheint. Dass ausgerechnet Lily, deren Augen er gerade verschlossen hält, ihn indirekt ins Licht der Finsternis und in den Lichtraum geschickt hat... es ist alles so verrückt, wäre er nicht mitten drin, würde er die Geschichte nicht glauben.

Glauben.

Er blickt auf seine Hand.

Lily scheint an etwas zu glauben, etwas in sich, und damit kann sie auch allem hier vertrauen. Als suche er ihren Halt spürt Lily, wie Noah sanft über ihre Wange streichelt, ehe er langsam mit seiner anderen Hand ihre Augen aufdeckt. Sie blicken sich an...

Lily blinzelt noch ein wenig, weil das Licht sie nun blendet. Noah setzt sich neben sie.

„Die Geschichte vom Globus...?"

„Es ist aber die Geschichte, die sein wird, wie ich jetzt weiß."

Noah nickt, einem inneren Gefühl folgend. Ja, es darf sein. Es ist.

Niki und Momo klettern über die Rücken ihrer Eltern und lassen sich kopfüber in ihren Schoß fallen.

„Die Geschichte vom Globus...!"

Noah blickt Lily an.

„Au ja, du musst sie uns erzählen und für die Welt aufschreiben!", stimmen Niki und Momo ein.

Lilys Schreibtisch hat sich in eine riesige Welt aus Bildern, Zeichnungen, Fotografien, Notizen und kleinen Papierformen verwandelt. In der Mitte ihr Computer. Sie schreibt. Die Geschichte von dem Globus jener einen, nahen Welt nach ihrer Welt. Der Raum ist wieder im Lot. Vier Gestirne werden die vier Protagonisten leiten. Sieben... sie schmunzelt, es erscheint ihr alles so klar plötzlich. Wie die Lichtbilder, deren Licht nichts erleuchtet, sondern die sich selbst offenbaren.

Die Stunde null beginnt 1-4-7

Lily streicht mit ihren Fingern sanft über die eingeprägten Buchstaben auf dem Bucheinband.

Was es doch mit dem Schreiben auf sich hat. Im Moment des Lesens war alles bereits. Berichte über Ereignisse in der Weltgeschichte genauso wie erdachte Geschichten. Und doch sind sie alle noch einmal. Wenn einer erzählt und einer zuhört.

Manchmal verändern Geschichten dann die Weltgeschichte. Oder die des Erzählers oder des Zuhörers/ Lesers.

Und so hat jede Geschichte eigentlich drei Dimensionen: ihre Vergangenheit, ihr Sein und ihre Zukunft. Als könnten Geschichten etwas Vergangenes quer durch die Gegenwart in die Zukunft schicken.

Wo also ist Lily jetzt mitten im Fluss der Zeit? Momo hat ihr aufgetragen eine Geschichte über das, was sein wird, zu schreiben. Und dabei ein eigenwillig klares Gefühl für den vor ihr liegenden Raum geweckt. Sonst säße sie nicht hier, inmitten der Bilder und Bücher. Und mit dem einen Buch, dem Buch, in ihren Händen. Und sie soll das Buch schreiben.

Das Türklingeln reißt Lily aus ihren Gedanken. Sie hat die Zeit vergessen. Völlig abgetaucht in eine andere Welt, die wie Bruchstücke an ihr nun vorbeifliegen. Verwundert sucht Lily nach dem Hier und Jetzt auf dem Weg zur Tür.

Noah blickt sie lächelnd an. In seiner Hand der blaue Samtbeutel.

Richtig, die Kinder haben wie für einiges zuvor auch die Regie für die Geschichte von Lilys zu schreibender Geschichte übernommen.

„Komm' rein – willkommen im Reich der..."

Was bei Noah zuhause die Bücher sind, scheinen hier die Bilder zu sein. Überall an den Wänden und Türen, teils in Stapeln als Postkarten irgendwo abgelegt. Die wenigen Bücher ebenfalls voller Bilder.

Noah ist einfach eingetaucht in Lilys Welt, alles wirkt seltsam vertraut auf ihn, obwohl er nur wenige Bilder von Abbildungen oder aus Museen kennt.

Es ist mehr der Klang dieser Welt.

Das Schwingen des Raums.

Teils geordnete und sorgfältig arrangierte Kompositionen aus Bildern und wenigen Möbelstücken, teils Ansammlungen von Abbildungen, Büchern und Schreibutensilien. Nur ein reines Textbuch mitten auf Lilys Schreibtisch, das Buch.

Das Weltenbuch schreiben ohne Bücher...

„Liest du gar nicht?"

„Doch – die besten Geschichten schreibt das Leben..."

Lily lacht.

„Ich verschenke meine Bücher meistens gleich wieder. Nur wenige behalte ich, wenn mich die Geschichte, wie sie in mein Leben kamen, besonders berührt."

„Möchtest du nie etwas noch mal nachlesen?"

Lily schüttelt den Kopf.

„Ich habe es ja erlebt, und das erinnere ich."

Noah geht in Gedanken seine Bücherregale entlang.

„Meine Bücher erzählen mein Leben, also ihre Geschichten wie sie in mein Leben kamen und welchen Teil von meinem Raum sie mir öffneten. Ich würde mich recht haltlos ohne sie fühlen, wie wäre es für dich ohne Bilder?"

„Nur auf mein Lieblingsbild würde ich nie verzichten wollen."

Plötzlich ist ein Funkeln in Lilys Augen, wie Noah es noch nie gesehen hat.

„Und welches wäre das?"

„Du stehst direkt davor, also mit deinem Rücken."

Eine riesengroße, weiße Fläche erstreckt sich über die Wand.

„Ist das so eine Geschichte wie der Lichtraum und die Finsternis?" „Nur dass ich das gemacht habe. Anfassen hilft."

Noah traut seinen Ohren nicht, den Satz kennt er von Lily. Sie nimmt seine Hand und legt sie offen auf die Bildoberfläche. Ganz glatt und weich, fast ein wenig warm.

„Was ist das?"

„Ganz unten Birkenholz. Es lässt sich ganz fein schmirgeln. Und dann habe ich es gebeizt, eingeölt und irgendwann eben mit einer hauchzarten, warm-weißen Farbschicht besprüht."

„Ein weißes Bild."

Noah betrachtet es von oben nach unten und links nach rechts und alles wieder zurück. Lily halb vor ihm sieht erstaunlich hell und klar davor aus.

„Erzähl mir...!"

„Es ist immer mein Bild, eben das woran ich gerade denke, egal ob ein existierendes Bild oder ein inneres. Wie ein leeres Notizbuch, du kannst es eben erst noch vollschreiben, oder einfach daran denken, was dort wohl stehen sollte. Und solange es leer ist, ist es eben immer aktuell."

„Du schreibst, oder? Deswegen brauchst du keine Bücher."

Ihre Blicke treffen sich.

Lily nickt.

Noah reicht ihr den blauen Samtbeutel entgegen.

„Unsere Welten sind wie ein Pendant. Deine Bilder sind das Gegenüber meiner Bücher, oder eben umgekehrt. Mein einziges Bild ist der Globus – dein einziges reines Textbuch, soweit ich das hier sehe, das Buch."

„Ganz zu Ende gedacht müsstest du dann zeichnen und malen."

Noah schüttelt den Kopf und nickt gleichzeitig.

Lily wirkt fast wie Niki, immer noch einen Gedanken weiter.

„Ja, ich zeichne, manchmal, früher zumindest. Aber das war nur für mich, einfach so, in meiner Welt."

Lily spürt Noahs Irritation über die Intensität seiner Erinnerung, auch seine Sehnsucht.

„Was war, ist nicht weg, es ist nur woanders in deinem Raum, könnte sein, dass du ein wenig suchen musst und der Weg ein wenig weit erscheint."

„Ich möchte nicht zurück."

„Sollst du auch gar nicht. Ganz im Gegenteil. Es liegt vor dir."

Lily steht wahrlich vor ihm gerade.

Und so weiß er nicht recht, was sie ihm wirklich sagen möchte.

Noah legt sanft seine Hand auf ihre Wange. Worauf sie nicht vorbereitet schien. Sie zuckt ganz leicht zusammen. Legt aber ihre Hand auf seine. Noah tritt an sie heran und nimmt sie vorsichtig in den Arm. Warum weiß er nicht. Unsicher und doch sicher legt sie ihre Hände an seine Seite. Beide schließen sie ihre Augen.

„Erzählst du mir die Geschichte vom Globus, nur mir jetzt hier, ehe du sie für die Welt aufschreibst?"

Lily spürt Noahs Lippen auf ihrer Stirn während er spricht. Sie nickt leicht.

„Eines Tages wird ein kleiner Junge den Globus scheinbar zufällig nach seinem Besuch bei seiner Lieblingsärztin entdecken. Er ist nicht krank, nicht wirklich. Er möchte nur immer wieder dorthin. Um sie, ganz in Weiß gekleidet, mit ihrem liebevollen ruhigen Blick zu sehen. Und weil es ihm scheint, als entdecke er irgendetwas in der Praxis dort noch nicht, das er aber sehen sollte."

Noah schiebt seine Hand in Lilys Nacken und drückt sie vorsichtig an sich. Sein Herz pocht. In seiner Erinnerung steht Lilys Oma wieder vor ihm. Lily spürt Noahs Tränen, nur wenige, aber große.

„Irgendwann beginnt er also einen Streifzug durch die Praxis. Und entdeckt einen hellen Holzschrank auf Stelzen und mit Glastüren. Allerlei

Medizindinge sind darin. Und eine lederüberzogene Box. Nur eine Ecke von einem blauen Samtstoff steht unterm zugeklappten Deckel hervor. Zu seinem Erstaunen ist der Schrank offen. Lautlos hebt er einen blauen Beutel aus der Lederbox heraus. Und setzt sich wo er ist auf den Boden. Ihm scheint, dass der Stoff fast von selbst von der runden Kugel darin abfällt.

Kaum hält er sie in den Händen, spürt er, danach hat er gesucht. Die ganze Zeit. In wunderschönen Grün- und Brauntönen zeigen sich ihm eigenartig rhythmisch geformte Flächen. Die einen wohl Land, die anderen Wasser. Beide mit allerlei Wesen. Manche erinnern ihn an die Tiere aus dem Zoo, andere kennt er nicht, und doch sind sie ihm vertraut. So vertraut, dass sie vor seinen Augen sogleich lebendig wirken, sich bewegen, miteinander zu sprechen scheinen.

In diesem Moment legt sich sanft eine Hand auf seine Schulter. Der kleine Junge zuckt vor Schreck zusammen, Tränen, er hätte nicht einfach... doch ein älterer Herr blickt ihn liebevoll lächelnd an.

,Du hast ihn also gefunden. So soll es sein. So ist es immer.'

Der ältere Herr nimmt den Globus vorsichtig aus den ihm entgegen gestreckten Kinderhänden.

,Steh' auf mein Kleiner, es ist Zeit. Eine wunderbare Welt liegt vor dir.'

,Sind sie von dieser Welt?'

In diesem Moment entdeckt der kleine Junge das kleine Mädchen im Türrahmen, recht verschmitzt drein blickend. Sie scheint zu dem älteren Herrn dazuzugehören.

Und damit öffnet der alte Herr den Raum der Zeit. Es wirkt als wirbele alles um die drei herum. Die Farben lösen sich von den Dingen. Die

Gegenstände verschwinden zunehmend in einer Art Licht. Die Wände rücken seltsam zurück...

Gerade als sie sich in einen schier endlosen Raum aufzulösen scheinen, fliegt die Tür auf und die Mutter des kleinen Jungen steht im Türrahmen. Es sei Zeit zu gehen.

Der alte Herr zuckt zusammen. Und damit schließt sich der Raum der Zeit wieder. Er beugt sich zu dem kleinen Jungen, öffnet sanft dessen Hände und legt den Samtbeutel mit dem Globus hinein.

‚Du wirst ihn finden, wenn du ihn brauchst, bis dahin hüte ihn.'"

Noah spürt, dass er inzwischen mit Lily im gleichen Takt atmet. Die Geschichte von ihr erzählt lässt seine Erinnerung seltsam intensiv aufscheinen.

Es ereignet sich tatsächlich alles direkt vor ihm, mit offenen Augen auf das weiße Bild blickend. Als sehe er sich als kleinen Jungen in der Zukunft. Als führe Lily mit ihren Worten und ihrer Stimme zwei Zeitstränge gerade zusammen und kreiere einen dritten daraus. Und in allen sind sie beide.

Noah schmiegt Lily noch tiefer in seine Umarmung. Er braucht ihren Halt.

„Der alte Herr und das kleine Mädchen blicken dem kleinen Jungen hinterher.

‚Ihr werdet euch wiederbegegnen, wenn die Zeit gekommen ist, bis dahin aber dürft ihr euch nicht sehen.'

Das kleine Mädchen schaut den älteren Herrn nickend und fragend an.

‚Wie weiß ich, wann die Zeit gekommen ist? Und wie erkenne ich ihn wieder, wenn er dann groß ist?'

‚Wenn ich gehe, ist die Zeit da. Du wirst ihn kurz zuvor treffen. Und du wirst ihn erkennen."

Das kleine Mädchen nickt wieder – traurig und glücklich zugleich.

‚Wenn ich ihn erkenne, weiß ich also, du wirst bald gehen?'

‚Ja.'

‚Dann möchte ich, dass es lange dauert bis ich ihn wiedertreffe.' ‚Es wird so lange dauern wie ihr beide, jeder für sich braucht. Er hat den Globus, der ihn leitet. Und dich werde ich darauf vorbereiten.'

Das kleine Mädchen blickt den alten Herrn fragend an. ‚Also erst wenn wir wieder zusammen sind finden die Elemente wieder zusammen und der Zeitenraum wird sich wieder öffnen?' ‚Eigentlich solltet ihr beide eben schon durch ihn hindurchschreiten, doch irgendetwas ist noch nicht im Gleichgewicht, warum ein reines Menschenwesen...'

Der alte Herr ist in Gedanken.

‚Ich muss das Buch finden, so lange ich noch etwas hier erkenne.'

‚Opa, ich kann dir helfen, ich sehe ja umso besser.'

‚Ja, du brauchst dein Augenlicht hier. Ich dagegen muss woanders umso besser sehen können. Aber dazu muss es recht dunkel für mich irgendwann sein. Aber lass' uns das Buch suchen, darin steht ein Teil der Geschichte geschrieben.'"

Noah schaut gebannt auf das Buch auf Lilys Schreibtisch.

Es ist ihm, als blättere jemand die Seiten um und als könne er lesen was dort geschrieben steht.

„Es beginnt jetzt, oder?"

„Ja, Wort und Bild finden in uns hier gerade zusammen."

„Und so entsteht auch die Verknüpfung von Zeit und Raum."

„Wenn eine Idee sich realisiert."

Lily spürt wie Noah nach oben ins weiße Bild blickt.

„Zunächst gibt es weder Worte noch Dinge. Es ist dann noch nicht einmal ein Bild."

Lily dreht sich in Noahs Umarmung um, schiebt ihre Hände fest in seine.

„Was siehst du?"

„Uns."

„Wo sind wir?"

„In einem fantastischen Innenraum.

Riesengroß.

Rund.

Über uns eine gigantische Kuppel, durch ihre Mitte strömt Licht.

Das Gewölbe fällt in einer regelmäßigen Halbkugel bis zu den Wänden.

Nach einer Weile kann man Bilder, teilweise Reliefs erkennen.

Als blicke man in eine andere Welt."

„Beschreib' sie mir."

„Ein Stier, Fische, ein Steinbock, dann ein Löwe, eine Meerjungfrau, ein Adler, in dem aber ein Skorpion eingezeichnet ist."

„Sind es insgesamt zwölf?"

„Ja."

„Die Tierkreiszeichen.

Wie sind sie angeordnet?"

„In etwa im Kreis.

Und in ihrer Mitte liegen drei Quadrate.

Immer so dass vier Bilder miteinander verbunden sind."

„Nenn' mir vier."

„Eins sind die Welteneckpunkte: Wassermann, Adler bzw. Skorpion, Stier und Löwe.

Seltsam, immer eine Farbe dominiert ihr Bild: blau, rot, grün, gelb.

Warte, da ist noch ein Kreis, direkt in den drei Quadraten.

Die Tierkreiszeichen wiederholen sich darin.

Nun mit gleichschenkligen Dreiecken im Inneren verbunden."

„Wie sehen die Dreiecke aus?"

„Sie haben Symbole darin: Feuer, Erde, Luft und Wasser – in rot, grün, gelb und blau."

„Vier mal drei macht 12 ... Aber darin liegen die Zahlen, immer wenn man am Quadrat zu zählen anfängt 1 - 4 - 7 - 10.

Es sind vier Eckpunkte, man addiert jeweils drei darauf, um von einer Ecke zur nächsten zu kommen.

Zähle ich aber einfach die Anzahl der Ecken mit ihrer Zahl zusammen, erhalte ich zehn: 1+2+3+4 = 10."

Noah blickt wieder auf das Buch.

Jetzt begreift er: was er vorhin glaubte zu lesen, war sein gesammeltes Wissen aus seinen Büchern.

„1 - 4 - 7 - 10, um über drei hinzu wieder zur eins zu kommen, müssen es zwölf sein..."

Sie schweigen.

Im Klang der Stille flüstert Lily.

„Niki und Momo."

„Ja, wir sollten sie abholen, ich mach' das?!"

„War das schon die ganze Geschichte?"

Lulu guckt etwas ungläubig Fred an. Der lacht.

„Nein, gewiss nicht."

„Das fühlt sich eher an wie der Anfang...", wirft Leon ein.

„Ja", stimmt Mimi zu.

Der Klang der Stille

Lily sitzt eingekuschelt in ihrem großen Sessel gegenüber der Leinwand.

Musik.

Der Reigen seliger Geister von Gluck.

Klavier- und Flötensonaten von Mozart.

Flöte von Vivaldi.

Wieder Gluck – Orpheus und Eurydike.

Der Zauber der Musik in der antiken Mythologie.

Die Argonauten nahmen Orpheus aufgrund seines musischen Talents auf ihre Reise zum goldenen Vlies mit. Auch den Gott der Unterwelt, Hades, vermochte er damit zu verzaubern, ihm seine Frau, die Nymphe Eurydike, wieder mit in die Oberwelt zu geben.

Doch den Klang der Stille, in der Orpheus hätte nur glauben und vertrauen müssen, hielt er nicht aus. Gegen die Bedingung von Hades und Persephone blickte er sich nach der lautlos hinter ihm her schreitenden Eurydike um.

Woraufhin sie wieder in der Unterwelt verschwand.

Ein Meister der Töne, der die Stille nicht ertrug.

Lily liebt die Stille, in Momenten wie jetzt. Besonders vor dem weißen Bild.

Die Musik hat aufgehört. Sie ist immer nur im Moment ihres Erklingens. Wenn es still danach ist, ist alles rein und klar. Wie nach einem Gewitter.

Lilys Hände sind leicht in den Samtbeutel auf ihrem Schoß eingekuschelt. Sie fühlt wo Noah ihn wohl besonders oft gestreichelt haben muss.

Kaum spürt sie den Globus darin, beginnt ihr Herz zu pochen.

Sie soll schreiben.

Was sein wird.

Sie sehnt Noahs Umarmung wieder herbei und weiß doch, schreiben kann sie nur, wenn sie alleine ist.

Stift und Blatt.

Und während sie einen Kreis, mehr eine Kugel zeichnet, begreift sie: erzählen was sein wird, bedeutet glauben an das, was war. Was war ist jetzt das Licht in ihrem Herzen.

Der Anfang ist die Stunde Null.

Und diese beginnt jetzt.

Immer wieder auf ein Neues.

Das ewige Licht.

Lily dreht den Globus in ihren Händen.

Die relative Position der Sonne hat sich in den letzten 2000 Jahren, also der christlichen Zeitrechnung, um 30 Grad zu den Sternen verschoben. Die Erde taumelt zwischen Sonne und Mond, beide ziehen sie an. Präzession der Erdachse.

Pro Jahr, also alle 12 Tierkreiszeichen einmal durchlaufen, verliert die Erde dadurch 0,0139 Grad auf ihrer Bahn um die Sonne. Seit der Geburt Christi etwa ein Sternenbild rückwärts. Während die Zeit voran geht. Im Vorwärts nach hinten, oder eben umgekehrt, wie Momo es Lily gezeigt hat. Sie lächelt.

Beide Sonnenwendepunkte und Tag- & Nachtgleichen wandern also auch.

Rechnet man dies hoch, ereignet sich alle 24000 Jahre die Stunde Null. Dann steht alles auf Anfang.

Genauso wie alle 24h ein neuer Tag beginnt. Die Erde dreht sich einmal um sich selbst. Auch nicht ganz präzise, daher die Schaltjahre.

Lilys dreht sanft den Globus in ihren Händen.

Weit von außen betrachtet, hat die Erde eine Zeit. Quasi ihr Alter. Doch im Drehen um sich selbst hat jeder Ort auf der Erde eine eigene Zeit. Ortszeit. Innerhalb von Zeitzonen. Die einen bestimmten Raum umfassen.

Raum ist Zeit, Zeit ist Raum ... Raum-Zeit. Als Kind wollte Lily mit dem Sonnenaufgang mitfliegen. Also gegen die Zeit. Älter wäre sie trotzdem geworden.

Sie lächelt.

Solange ihr Opa noch gucken konnte, wollte sie recht häufig die Sternenkarte erklärt bekommen. Die Konstruktion der Sternenbilder. Wegen all' der Bewegungen sind sie jeweils nur zu bestimmten Jahreszeiten von bestimmten Orten der Erde aus zu sehen. Nur Abbildungen zeigen alles auf einmal.

Eines Nachts war Lily in die Fensterempore geklettert, um besser in den Sternenhimmel schauen zu können.
„Es liegt alles im Auge des Betrachters."
Ihr Opa liebte es, ihr Gedankenspiele mitzugeben. Auch für länger.

Lily zuckt zusammen.
Klar. Das Zwanzigeck, der größte platonische Körper. Aus Stroh frei in der Luft schwebend unter seiner Deckenlampe.
12 Flächen = 12 Tierkreiszeichen.
12 Stunden Tag & 12 Stunden Nacht an der Tag- & Nachtgleiche.
12 Kalendermonate.
Ganz nebenbei: 12 olympische Götter zu Platons Zeit.

Viel wichtiger aber und wie bei den anderen platonischen Körpern: alle Kanten haben die gleiche Länge, alle Seiten die gleiche regelmäßige Fläche, und alle Flächenwinkel der Ecken sind gleich groß.
Die Kugel ist der erste platonische Körper.
Den hält Lily gerade in den Händen.
Und sitzt darauf, irgendwo auf der Erde.
Lilys Gedanken schnellen hin und her.
Die Kugel. Eine Fläche. Das Element ‚Leere'. Das ‚Nichts'.

Dann der Tetraeder. Vier Flächen. Das Element ‚Feuer'.

Weiter der Würfel. Hexaeder. Sechs Flächen. Das Element ‚Erde'.

Der Oktaeder. Acht Flächen. Das Element ‚Luft'.

Der Dodekaeder. 12 Flächen. Seit jeher als der vollkommenste platonische Körper betrachtet. Seine Fünfecke, die Pentagone, vom Maß des goldenen Schnitts durchdrungen. Der Dodekaeder ist das Symbol des Ätherelements. Vom Äther sprach ihr Großvater viel.

Schließlich der Ikosaeder. 20 Flächen. Das Element ‚Wasser'. Der Ikosaeder am nächsten an der Kugelform wieder dran. Wenn alles von vorne beginnt.

Lily streicht über den Globus, das kann aber nur ein Teil der Lösung sein.

„Es liegt alles im Auge des Betrachters."

Der Gauß'sche Strahlensatz. Die Relationen bleiben immer erhalten, im Kleinen und im Großen, als auch zwischen beiden.

Lily schreibt gedankenverloren an die Ecken des Pentagons vor ihr:

Wasser – Thales von Milet

Luft – Anaximenes

Feuer – Heraklit

Erde – Empedokles

... Platon – das fünfte Element.

Platon fasste die vier Elemente vor ihm als ein kosmisches System zusammen. Im Kleinen wie im Großen. Mit den zwölf Tierkreiszeichen am

Himmel. Die er als kleine Blaupause des Großen sah. Den zwölf platonischen Monaten. Einer von der Länge 2150mal des himmlischen Tier-
kreiszeichens. Im platonischen Jahr also 25800mal.

Alle Ungenauigkeiten der christlichen Zeitrechnung zusammenaddiert,
könnte das etwa stimmen.
Die Stunde Null.
Wenn alles auf Anfang steht.

Wie Versatzstücke eines Bildes erinnert Lily Werke und Bauten aus den
letzten zweieinhalb Jahrtausenden. In der Taufkapelle im Dom von Ne-
apel macht sie in Gedanken halt.
Es war so dunkel, dass man darin kaum fotografieren konnte, Blitzlicht
war nicht erlaubt. Irgendwann erkannte sie die erhaltenen Mosaikele-
mente. Die ihr seltsam intensiv in Erinnerung geblieben sind. Die vier
Evangelisten. Mit ihren Symbolen, wenn noch erhalten.

Farbenpracht

Es regnet in Strömen. Mit Blitz und Donner. Und es ist dunkel, ein seltsam rötliches Licht mitunter.
Niki und Momo wissen ihre Angst wegzuspielen, es ist eben das Donnerwetter in ihrer Welt. Wenn die guten und bösen Mächte der Zauberer aneinander geraten. Alles rettet sich ins Trockene, auf die Höhen
und Berge in Festungen und Burgen. Jeder Blitz draußen wird zum Blitz

des Bösen, den der Gute umzulenken und zu vertreiben weiß. Bis dem Bösen die Luft ausgeht und die Wolken sich lichten.

Und nach diesem Donnerwetter wird Noah besonders freudig und auch ein wenig erleichtert empfangen, als er ein wenig spät im Türrahmen steht.

Den Platzregen hat er im Auto abgewartet, froh um den Moment alleine. Seine Welt scheint durch Lily und Momo aus den Fugen zu geraten – doch erstmals in ihre eigentliche Ordnung zu finden. Wenngleich er diese noch nicht erfassen kann.

Etwas ist greifbar nah, das spürt er, aber was und wohin er greifen soll, weiß er nicht. Je mehr er es gelegentlich gedanklich zu verstehen versucht, desto weiter scheint es weg. Besonders wenn Lily in der Nähe ist. Was für ihn seltsam neu und doch vertraut ist. Bei Lily ist er Kind und Erwachsener zugleich. Er fühlt und folgt seiner Intuition. Hört fast seine Gedanken, die dann ganz klar und präzise sind. Nichts anderes gestattet sie ihm durch ihre Art. Zugleich überlässt sie ihm die Regie.

Noah lächelt – was passiert ist er selbst, es kommt aus ihm heraus.

„Papa, die Sonne bricht durch die Wolken. Meinst du es gibt einen Regenbogen?"

„Au ja, einen ganz großen mit ganz klaren Farben."

Niki und Momo klettern auf eine Empore unterm Fenster und suchen die Umgebung ab.

„Der Teufel hat die Blitze geschickt und der liebe Gott das Wasser, damit nichts anbrennt."

Momo ahmt eine Stimme nach.

„Wer hat euch das denn erzählt?"

Aber anstatt einer Antwort grinst Momo Noah an.

„Und wir sind Gottes Werk mit Teufels Beitrag."

Wahrscheinlich sind einmal wieder Bibelgeschichten für die Großen zur Mittagsruhe vorgelesen worden.

„Wisst ihr denn, was es mit dem Regenbogen auf sich hat?"

Kopfschütteln.

„Den hat der liebe Gott nach der großen Sintflut mit dem ganzen Regen und Wasser als Erinnerung erschaffen."

„Als Noah die Arche gebaut hat und mit seiner Familie alle Tiere einmal gerettet hat – Papa, deswegen heißt du doch so?!"

Niki drückt ihrem Papa eine Handvoll Tiere und Wesen in die Hand. Mit welcher Leichtigkeit die Kinder doch Geschichten, gerade Erlebtes und ihre Phantasiewelt einfach verschmelzen lassen. Und als verlassen die beiden ihre Welt erst gar nicht, darf Noah ihnen an der Garderobe ihre Draußen-Schuhe anziehen helfen, die kleinen Rucksäcke sicher verschließen und ihnen die Tür aufhalten. Beide ihre Kuscheltiere fest im Griff und in der anderen Hand eine ihrer Lieblingsfiguren, sie müssen sie eben nur morgen wieder mitbringen, es sind ja nicht ihre. Unverdrossen erzählen Niki und Momo weiter, schlüpfen mit ihren Armen in die Anschnallgurte der Kindersitze im Auto, verspeisen ihre Nachmittagsbrote als Götterspeisen, zerplatschen Regentropfen an den Scheiben von innen, wenn der Fahrtwind sie verweht, fliegen in den Kurven mit.

Und wie sollte es anders sein, Fred, Mimi, Leon und Lulu haben natürlich mit Niki und Momo längst ein Geheimversteck in ihren Anziehsachen, um überall hin mitzukommen. Im ersten Moment hatten Fred und Mimi Scheu ihre Schützlinge, Lily und Noah, alleine zu lassen.

Aber Leons Argument „die kommen doch eh' immer zu ihren Kindern zurück – und sie selbst sind langsam eigentlich groß genug…" hat überzeugt.

„Komm' wir suchen Regenbogenspiegelungen."

Lulu schiebt ihre Hand in Leons.

Niki und Momo jauchzen vor Vergnügen und machen mit.

„Da."

„Da."

„Und da."

„Noch einer."

„Dreh' den Kopf gegen die Sonne unter den Tropfen, dann sind es ganz viele."

Noah lacht. Ihm tut die Unbeschwertheit der beiden gut. Auch dass er in ihrer Gegenwart doch ein wenig für sich sein darf. Sie sind mit sich zusammen zufrieden.

Fred dagegen ist ein wenig durcheinander.

„Wusstest du das mit der Regenbogen- und der Sintflut-Geschichte?"

Fragender Blick zu Mimi.

„Nein."

Sie spürt seine Irritation.

„Du machst es dir zu schwer."

Fred nickt.

„Ich weiß, aber jetzt passt gar nichts mehr zusammen, ich verstehe es einfach nicht."

Mimi hakt ihn liebevoll ein, eben so, dass er entscheiden darf, wie viel Halt ihre Nähe ihm ist.

„Schau, du selbst erfindest Geschichten wenn du Lulu und Leon etwas erklären, veranschaulichen möchtest.

Und sie nutzen dann deine Bilder, um Momo und Niki etwas verständlich zu machen.

Die beiden wiederum bringen das bei Lily und Noah als Argumente an.

Und so hast du längst deinen Geschichten-Kanon in die Welt gebracht.

Nichts anderes sind die Bibel-Geschichten, erst einmal.

Es sind Geschichten, Gleichnisse, die so einprägsam und verständlich waren, dass sie weitererzählt und irgendwann aufgeschrieben wurden.

Genauso wie die antiken Sagen des klassischen Altertums."

Mimi blickt Fred prüfend an, er hört ihr zu. Er wartet, dass sie weiterredet.

„Noah macht das alles auch durch."

Fred seufzt erleichtert.

„An welche Geschichte du glaubst ist immer deine Entscheidung, es ist mehr ein Gefühl, eine innere Stimme.

Ich weiß, du möchtest verstehen, die Dinge in eine innere Ordnung, Struktur bringen.

Das aber übersteigt das Mögliche.

Du wirst nie alles wissen dazu. Denn jedes Mal, wenn du ein entscheidendes Detail erkennst, verändert sich der Rest.

Es ist alles im permanenten Fluss.

Aber dass wir hier sind, hat seinen Sinn und Zweck und passt in jede x-beliebige Konstellation des Kosmos."

Mimi wünschte, Noah könnte sie für diesen Moment doch noch einmal hören. Wie viele lange Nächte verbringt er mit seinen Büchern.

Jetzt aber braucht Fred sie.

„Du meinst also, ich muss meinen Sinn und Zweck selbst finden und leben und einfach ‚glauben'?"

„Ja. Erzähl' mir, was dir wichtig ist, du aber nicht erklären, nicht anfassen, nicht genau definieren, wohl aber ganz genau fühlen und auch bei anderen erkennen kannst?"

„Du hast uns beigebracht Liebe bewusst zu spüren. Ich habe dich soooo lieb!"

Lulu schiebt sich unter Freds anderen Arm.

Die beiden Kleinen haben natürlich gespannt zugehört.

„Schon, schon..."

„Und dass wir uns selbst erkennen müssen, um sein zu können wer wir sind."

Lulu und Leon tun so, als zögen sie ihr einstig dunkles Kostüm gerade aus.

„Und um sein zu können, wer wir sind, mussten wir loslassen wer wir waren."

Leon setzt gerne einen oben drauf.

Lulu tanzt um Fred herum.

„Wir mussten dir vertrauen und dir glauben, um Vertrauen in uns und so unseren Glauben finden zu können.

Aber ich vertraue dir immer noch, auch wenn ich inzwischen eine eigene Meinung manchmal, na ja, immer öfter habe.

Aber weil ich dich so lieb habe, ändert das eben dann doch nichts an dem wie ich dir zuhöre und dich ernst nehme – wie nennt man das?"

„Du bist deiner Liebe für Fred treu und deswegen irgendwie auch ihm", überlegt Leon mit einem herausfordernden Blick zu Lulu, die ihn kräftig stupst.

„Das gilt natürlich auch für dich, aber du bist eben nicht in einer Sinnkrise gerade. Außerdem bin ich fast die ganze Zeit bei dir." „Papa, was ist eine Sinnkrise?"

Die vier haben nicht bemerkt, dass Niki und Momo längst gespannt gelauscht haben.

Noah blickt durch den Rückspiegel seine Tochter an. Woher das nun wieder kommt.

„Meine Mama meint, eine Sinnkrise hat man dann, wenn man nicht weiß, warum man da ist, und nicht tut, womit man glücklich ist."

Noah lacht über Momos ironischen Ton.

„Wann habt ihr denn darüber gesprochen?"

„Im Schuhladen. Da waren Frauen, die ganz viele Schuhe ausprobierten, und ganz viele haben wollten, während sie sich in jedem Paar als jemand anders aufführten. Und das alles weil sie nicht wussten, wer sie sind, und daher auch nicht wussten welche Schuhe eigentlich ‚ihre' sind.

Meine Mama meinte, das sei eine Sinnkrise.

Als ich meine Schuhe dann fertig ausgesucht hatte, bin ich rüber und habe ganz viele Damenschuhe mit hohen Absätzen vor denen ausprobiert, bunt gemischt. Das war verrückt und lustig. Zwei meinten dann, dass sie doch ganz schnell ein Kind haben wollen und doch keine Schuhe brauchten, die wären dann unpraktisch."

„Eben, Papa, du weißt doch warum du da bist, oder? Nämlich wegen mir!?!"

Noah nickt und lächelt seine Tochter an, die zufrieden zurücklächelt.

„Und deine Mama und die Schuhe, Momo?"

„Die hat nur ganz wenige, am liebsten mag sie leichte, coole Turnschuhe, die ein wenig elegant und weiblich sind. Die hohen zieht sie nur an wenn sie muss oder manchmal zum Kleid. Dann ist sie wunderschön."

„Papa, ich brauche meine Prinzessinnenschuhe noch, das hast du versprochen!"

„Ja, machen wir morgen, ganz früh gleich."

Momo grinst Noah verschmitzt durch den Rückspiegel an.

„Na, was heckst du in deinen Gedanken noch aus?"

Noah ist neugierig.

„Meine Mama meint, du würdest dich auch immer in deinem Pinguinkostüm verkleiden, wenn du nicht ganz du sein kannst. Inzwischen wetten wir immer, ob du es noch an hast, wenn du Niki abholst."

„Pinguinkostüm."

Noah traut seinen Ohren nicht ganz. Immerhin ist klar, Lily und Momo mögen ihn in seinen Sachen lieber.

„Und was schlägt deine Mama vor?"

„Wenn du die Anzüge schon tragen musst, dann wenigstens besondere Stoffe. Einfach anders als die anderen. Elegante bunte Hemden und richtig coole Krawatten. Wir waren Krawatten angucken mit schönen Bildern drauf, die man erst sieht, wenn man genau hinschaut. Und da gab es auch Manschettenknöpfe. Mit Autos, Schachfiguren, Notenschlüsseln und ganz vieles andere. Weißt du eigentlich, wer du bist, also ‚normal'? Und wenn du dich verkleidest, ist das so wie mit Schauspielern auf der Bühne, die den Text und die Bewegungen auswendig lernen? Macht das Spaß sich in echt zu verkleiden?"

„Au ja, dann verkleide ich mich später erst als Prinzessin, dann brauche ich ein riesengroßes Schloss. Dann als Malerin, dafür brauche ich ein wunderschönes Atelier. Dann als..."

„Ja, genau, wir können einfach ganz viele Leben leben, wenn wir einfach ständig etwas anderes sind... also als Beruf."

„Und ich werde Schriftstellerin und schreibe ein Buch. Dann werde ich Gärtnerin und pflanze die schönsten Blumen."

„Und ich werde erst Pilot, dann Hochseekapitän und dann Astronaut. Die Welt aus der Luft, zu Wasser und aus dem All."

„Kinder, wir sind da."

Noah parkt ein.

„Ihr müsst aber noch mit hochkommen, meine Zauberlampe..."

Momos Herz pocht auf dem Weg zur Tür. Er fliegt Lily in die Arme zur Begrüßung.

„Zieht eure Schuhe aus und dann schau' mal in dein Zimmer Momo."

Tür ganz vorsichtig auf.

Niki jauchzt vor Glück.

Momo ist sprachlos.

Sein Zimmer leuchtet in den fantastischsten Farben.

Seine Mama hat wie versprochen alles dunkel gemacht und seine Lava-Lampe und die Spiegelkugel an der Decke angestellt. „Ich fange das Rot."

„Ich das Blau."

Und damit toben Niki und Momo auf Farbenjagd durchs Zimmer, über alles drüber.

Lulu und Leon sind längst mit von der Partie, natürlich weit oben in sicherer Entfernung von klatschenden Kinderhänden.

Noah steht im Türrahmen, so eine Farbenpracht erinnert er nur von vor langer Zeit...

Die erste Zeitenwende

„Ich brauche deine Hilfe um mich richtig erinnern zu können."

Lily hat nicht bemerkt, dass Noah zu ihr ins Zimmer gekommen ist.

„Woran erinnern?"

„Das weiß ich selbst nicht. Es sind immer wieder Bilder, Szenen, die in mir auftauchen. Dinge erscheinen mir seltsam vertraut. Kaum möchte ich es aber genau erkennen oder verstehen, verschwindet der Anhaltspunkt. Und es bleibt nur ein Gefühl zurück. Ohne den Globus und jenen Moment mit deinem Opa damals..."

Noahs Ungläubigkeit dem so Offensichtlichen gegenüber kennt Lily von sich. Und auch er möchte sie gerne ablegen. Weil der Glaube dann doch stärker ist.

Fred hat sich ausreichend berappelt.

„Lulu, Leon, ihr seid dran. In dieser Welt kann Lily das, was Noah braucht, nicht tun. Wir müssen sie auf Zeitreise schicken.

Spitzt mir die beiden Kleinen an, dass sie ihre Eltern in ihr Spiel mitten auf das große Sofa von Momo holen. Dort sind sie sicher, auch wenn's rumpelig wird. Und sagt ihnen, dass sie ihre Eltern nicht anstupsen oder -sprechen dürfen, haben diese einmal die Augen geschlossen."

Gesagt, getan.

Lily und Noah sind viel zu beschäftigt mit ihren Gefühlen und Gedanken als dass sie sich über die Präzision von Momos und Nikis Anweisungen und Handgriffen wundern würden.

Natürlich soufflieren Lulu und Leon, die wiederum sich bei Fred und Mimi rückversichern. Doppelter Boden hält besser.

„Das war schon bei dem Körbchen von Moses so."

Mimi mit ihren Lebensweisheiten. Dank Noahs Lesenächten. „Augen zu."

Das liebt Niki, den Großen die Macht des Sehens für eine Weile nehmen.

Sie bindet liebevoll aber bestimmt ein Tuch über Lilys und Noahs Augen. Der Test ist immer, ob ihre Grimassen noch erkannt werden.

„Und nun?"

Noah ist noch etwas misstrauisch.

„Ihr müsst euch jetzt recht bequem hinsetzen, oder hinlegen. Und dann einfach versuchen, das Lichterspiel hier im Zimmer zu sehen, also ihr müsst es euch vorstellen, so wie ihr es erinnert."

„Mhm."

Noah spürt wie Lily sich zurecht rutscht, ihren Kopf leicht an seine Schulter lehnt.

„Na, wenn etwas Schlimmes passiert, werden wir es ja hören." „Mhm."

Und damit sucht sich auch Noah eine entspannte Position.

Lilys ruhige Atemzüge tun ihm gut.

„Sag' mir was du siehst."

„Die Farben scheinen eine Ordnung zu haben. Als seien wir in einem Raum, mit Farbecken – blau, rot, grün, gelb."

„Wie in unserem Bild."

„Ja, die Welteneckpunkte: Wassermann, Adler bzw. Skorpion, Stier und Löwe."

Lily und Noah zucken zusammen, es scheint, als würden sie angehoben, eine eigenwillige Wärme durchströmt sie.

Noah legt seinen Arm um Lily, um sie festzuhalten. Sie schiebt ihre Hand in seine. Der Kreis ist geschlossen.

Als ereigne sich eine Windhose im unendlichen Zeitenraum wirbelt mit atemberaubender Geschwindigkeit alles um sie herum.

Wassermann, Skorpion, Stier und Löwe verwandeln sich zu wundersamen Gestalten, in reinste Farbgewänder gekleidet.

Lily und Noah sehen sich. Als Elfengestalten inmitten dieses fantastischen Innenraums ihres Bildes.

Unwillkürlich legt Noah seinen zweiten Arm um Lily, damit sie ihre zweite Hand in seine legen kann.

„Habt nur Mut, schlüpft in eure Haut, seid wer ihr seid."

Eine elfenhafte Lichtgestalt fliegt um die beiden herum.

Noah legt sein Kinn und seine Lippen sanft auf Lilys Kopf.

Ihr Herz pocht, und fügt sich dann langsam in seinen Herzschlag ein.

Einmal synchron scheint der Zeitenraum im Takt ihrer Herzen zu schwingen.

Und alles leuchtet, strahlt. Wirkt klarer und intensiver als zuvor. Und während Noah und Lily sich vorsichtig im Raum umschauen, immer zumindest eine der Gestalten im Blickfeld, fährt plötzlich ein Lichtkegel dort wo sie stehen nach oben und schließt sie ein. Reflexartig machen sie ihre Augen zu.

„Ihr seid wirklich die Kinder des Lichts",

erklingt beruhigt die Stimme des alten Herrn in Blau.

„Und ihr habt das Licht tatsächlich zurückgebracht. Öffnet eure Augen, nur ihr könnt direkt im Licht sehen ohne geblendet zu werden."

Etwas unbeholfen kramt er nach einer Art Brille in seinem Gewand und setzt sie auf.

„Ich aber brauche es, um lesen zu können."

Und schlägt das große Buch in seinen Händen vor ihm auf.

„Wir haben es zurückgebracht? Von wo? Und wie?"

Lily hat alle Scheu verloren. Die Stimme des alten Herrn erinnert sie an die ihres Opas. Und damit ist sie für einen Moment ‚zuhause'.

„Zwei Dinge habt ihr getan.

Euren kindlichen Glauben aus jenem Moment mit Lilys Opa wiedergefunden.

Und euch im jetzt dem Licht in euren Herzen zugewandt.

Ihr liebt und lebt."

Der alte Herr seufzt.

„Euer Jetzt ist aber längst vergangen. So wie ihr jetzt hier seid, seid ihr nur solange, wie wir euch quer durch den Zeitenraum schicken, die Elemente zu finden. Habt ihr sie einmal zusammengetragen, entzieht sich euer Schicksal unserem Schutz, dann seid ihr auf euch gestellt. Denn dann lebt ihr, das was sein wird. Dann seid ihr."

Wie mit ihrem Opa damals lauschen Lily und Noah gebannt jedem Wort. Versuchen es sich einzuprägen, um die Wegweiser dann zu erkennen, wenn sie eines Tages an den Wegbiegungen in ihrem Leben stehen.

„Wie viele Elemente sind es denn?"

Lilys Lippen formen fast lautlos die Worte.

„Vier werden es sein",

Entgegnet ihr Noah ebenfalls kaum hörbar.

Fred, Mimi, Lulu und Leon schweben wie in der Luft angeklebt über den beiden.

„Doch welche?",

Schiebt Noah hinterher.

Erstaunt über den Mut der beiden, direkt zu sprechen im Raum der Elemente, weist die Elfenlichtgestalt den Herrn in Blau, das Buch zur Seite zu legen.

„Was spürt ihr?"

„Mich fröstelt es plötzlich. Überall dort, wo Noahs Umarmung nicht wärmt."

„Vertrau' und schenke Glauben, jetzt und dem was kommt, nicht nur der Erinnerung."

Noah hält Lily sanft noch fester.

Noch etwas unsicher nickt Lily und lässt ihre Scheu los.

Ein warmer Windhauch durchzieht den phantastischen Raum, bläst Lily durchs Gesicht und sie schließt ihre Augen.

„Jetzt weiß ich wer ihr seid! Ihr seid der ganz viele. Zu allen Zeiten jene Elemente, an die die Menschen glauben. Erst die vier Elemente Wasser

– Luft – Feuer und Erde. Dann die Welteneckpunkte Wassermann –
Löwe – Stier und Skorpion. Ha, und dann vier der obersten Götter des
Olymps.

Cool, ein Poseidon in Blau. Zeus...

Oder ihr seid die vier Elemente vor Platon:

Das Wasser des Thales von Milet.

Die Luft des Anaximenes.

Das Feuer des Heraklit.

Die Erde des Empedokles.

Ihr seid Zeitenwandler.

Und verwandelt euch im Wandel der Zeit."

Lily schlägt die Augen auf und blickt den vier Gestalten in reinen Farb-
gewändern keck in die Augen.

Noah hat staunend die Reaktion der vier verfolgt.

„Aber wisst ihr wer wir heute sind?"

Noah lacht.

„Der Logik folgend hat man euch zu den vier Evangelisten des neuen
Testaments gemacht.

Matthäus der Wassermann.

Markus mit dem Löwen.

Lukas mit dem Stier.

Und Johannes mit Adler bzw. dem Skorpion.

Und nicht umsonst stehen die ersten drei zusammen und Johannes als
geistliche Erzählung der Jesus-Geschichte separat."

„Man sagte mir, dass ihr wahrscheinlich selbst darauf kommen wür-
det."

Die Elfengestalt umfliegt Lily und Noah einmal, als wolle sie schauen, dass auch sonst niemand da sei.

„Zwischen euch ist ein starker Bund, wie ich ihn noch nie wahrgenommen habe. Was ist das, könnt ihr es mir sagen? Es entzieht sich meiner Einsicht in euch."

Lily treten Tränen in die Augen und sie greift noch tiefer in Noahs Hände. Und auch Noah spürt plötzlich einen Schmerz.

„Je näher wir uns kommen, desto weiter werden wir voneinander weg müssen", bringt er leise hervor.

„Wovon sprecht ihr? Was entzieht sich unserem Wissen?"

Wie aus einem Mund schweben die vier Wesen direkt neben der Elfengestalt.

„Zweierlei offensichtlich", setzt Noah an.

„Lily und ich sind als Kinder durch Raum und Zeit so weit voneinander getrennt worden, dass wir uns verloren glaubten."

„Ihr wisst doch sicher von Niki und Momo?", fügt Lily vorsichtig ein.

Nicken.

„Sie sind nicht unsere gemeinsamen Kinder im Jetzt. Aber sie haben uns wieder zusammen gebracht. Wie auch immer."

Der Herr in Blau ist auf seinen großen Holzstuhl gesunken. Und auch die anderen schauen recht betrübt drein.

„Es ist in Ordnung, seid nicht traurig."

Lily blickt sie liebevoll an.

„Was meinst du damit, mein Kind?"

„Na ja, so kommt mehr von dem, was in uns ist, in die Welt. Ich habe meinen Glauben und meine Liebe wiedergefunden, weil ich jetzt weiß, dass es Noah und alles das hier wirklich gibt."

Noah hat seine Wange auf Lilys Kopf gelegt und seine Augen geschlossen, es ist einer seiner Momente der Ewigkeit.

„Und weiter?"

Die Elfengestalt ist fasziniert von Lilys Heiterkeit, da muss sich doch etwas hinter verbergen.

Doch in dem Moment purzeln Niki und Momo mit einem lauten Plumpsen von ihrem Decken-Kissen-Kuscheltier-Turm und holen Lily und Noah zurück.

Momo wird drei

Je näher Momos Geburtstag rückt, desto mehr dirigieren Niki und Momo ihre Eltern so, dass sie möglichst viel Zeit miteinander verbringen. Insbesondere die beiden Kleinen, aber gerne die Großen dabei.

Momo verwandelt sein Zimmer in eine andere Welt.

Lulu und Leon führen natürlich Regie.

Fred und Mimi genießen die zunehmende Selbstständigkeit ihrer beiden Zöglinge und schauen immer häufiger einfach zu.

Lily ist angehalten, beim Saubermachen ja nichts zu verändern.

Und so ist pünktlich alles gerichtet für den Schlaf in den Geburtstag.

Bei Momo eigentlich durch den Geburtstag, denn er ist mitten in der Nacht nur knapp eineinhalb Stunden nach Mitternacht geboren.

Beim Ausziehen der Draußen-Schuhe an der Garderobe erfragt Momo erneut die genaue Uhrzeit.

Dann, wie viele Stunden er von wann bis dahin hat.

Beschließt ausnahmsweise recht früh ins Bett zu wollen.

Bittet um geschlossene Vorhänge für das Lichterspektakel. Wandert bedächtig durch sein Zimmer und scheint an einigen Stellen sich selbst etwas aufzusagen. Als wolle er sicher sein, es nicht zu vergessen.

Lily schaut ihm zu. Ein wenig verwundert. Besonders über die innere Ruhe, die dieser Moment in ihr auslöst.

Sie weiß, Momo wird niemals das Träumen vergessen oder verlernen.

Sie erinnert nur zu gut, wie sie sich damals mit ihren Freunden aus Kindertagen schwor, diese Welt... – Moment ‚diese' Welt (!?!)... Zumindest niemals zu vergessen.

Lily stehen die Tränen in den Augen.

Die Lichter verschwimmen.

Wie sehr sie die beiden von damals doch vermisst. Wie weh es tat, als sie auseinander gerissen wurden. Damit Lily etwas ‚Anständiges' werden und sich auf die Schule und anderes ‚Wichtige' konzentrieren sollte.

Noah, diesem einen kleinen anderen Moment schon damals, wieder zu begegnen, hätte sie nicht für möglich gehalten.

Und jetzt sind alle ihre Gedanken und Ideen von damals wieder da.

Auch ohne die beiden anderen.

Und viel klarer.

Im Jetzt und Hier.

Als sei etwas in ihr oft unbemerkt mit erwachsen geworden.

Das Kind in ihr aber ist noch da.

Vielleicht musste sie dafür lange alleine sein?

Momo nimmt Lilys Hand.

„Ich möchte Papa anrufen, um ihm Tschüss im alten und bis morgen im neuen Lebensjahr zu sagen."

„Ja, komm', machen wir direkt."

Fred, Mimi, Leon und Lulu fliegen direkt auf Momos Ohr neben dem Telefonhörer. Aber besonders gesprächig ist Momo heute nicht. Er wollte es eher einfach nicht vergessen.

„Ihr müsst mir heute Abend noch gaaaanz viel erzählen. Und außerdem glaube ich nicht, dass ich euch morgen früh nicht mehr so sehe wie jetzt, da ist doch nur einmal Schlafen zwischen."

„Du wirst dafür andere Sachen plötzlich erkennen. Und immer mehr du sein."

„Ich bin doch schon ich."

„Wie fühlt sich das denn an ‚ich'?"

„Ich, Momo und meine Mama Lily... und mein Papa."

„Genau, und irgendwann ist ‚ich' nur noch ‚Momo'. Momo, der weiß wen er liebt und wer zu ihm gehört."

Momo sitzt mit Denkfältchen auf der Stirn und seinem Eisbär im Schoß mitten auf dem Boden.

„Du meinst, wenn ich größer werde und alleine irgendwo hin kann?"

„Ja, und entscheidest, was du machen möchtest.

Aber bis dahin hast du noch ganz viel Zeit."

„Und ihr bleibt da, das weiß ich ja.

Aber wie erkenne ich euch?"

„Wir sind die kleinen Lichter, die dich an das große Licht in deinem Herzen erinnern."

„Meine Mama und Noah haben sich auch erinnert. Außerdem könnt ihr ja Niki noch ein wenig helfen. Und wenn sie dann bald drei wird, dann weiß ich es ja schon, wie das geht."

Eigentlich ist Momo aufgeregt und freut sich auf das was kommt. Er springt auf.

„Kommt, lasst uns durch die Welt toben."

Und damit geht es übers Bett,

die Kissen,

den Sessel,

die Eisenbahnschienen,

durch den langen Spieletunnel,

unter Tisch und Stühlen entlang

und quer über die Spielematratze auf dem Boden.

Wieder und wieder.

Erste Runde darf der Eisbär mit.

Dann ein kleines Flugzeug.

Dann der Hubschrauber.

Dann die Lieblings-Autos.

Das kleine Space Shuttle.

Und vieles mehr.

Fred und Mimi sind als erste aus der Puste.

Die drei Kleinen toben weiter.

Momo zieht zwischendrin sein langes T-Shirt und seine Socken aus. Warm.

Plötzlich bleibt Momo mitten im Laufen stehen.

Leon und Lulu purzeln fast aus der Luft, direkt auf seine Schulter.

„Was hast du?"

„Schaut, die Lichter in der Lampe wiederholen sich. Sie sind nicht mehr durcheinander. Ihr müsst euch von hier eine Stelle aussuchen..."

„Blau, blau, rot, Lichtreflex, gelb, grün, gelb, rot.

Blau, blau, rot, Lichtreflex, gelb, grün, gelb, rot.

Und wieder."

„Die Spiegelkugel bewegt sich. Also muss sich etwas anderes auch noch bewegen. Weil wir bleiben ja an einer Stelle."

Alle drei drehen den Kopf in die entgegengesetzte Richtung. Die Lava-Lampe. Auch sie ‚spielt' in einem Rhythmus jetzt.

„Wie ruhig es doch sein kann, wenn alles in Bewegung ist. Als wenn man sich auf einer Schaukel eindreht und dann loslässt." „Besonders wenn die Schaukel gaaaanz hoch ist!"

Momo liebt das.

„Und dann in den Himmel gucken – so!"

Momo legt seinen Kopf ganz weit in den Nacken und lehnt sich langsam nach hinten. Bis er unter lautem Lachen umkippt. Mitten auf die Spielematratze. Müde? Von wegen. Auf und weiter. Bis er irgendwann wirklich mitten im Spielen fast einschläft. Noch schnell ins Bad und ab ins Bett.

Lily sitzt noch eine ganze Weile wach neben Momo. Er ist längst in seinen Träumen, die recht lebhaft sein müssen.

Wie leicht die Gedanken doch übers Blatt fließen, wenn sie sie eigentlich gar nicht richtig ‚denkt'.

Ausstieg links oder rechts.

Ich entscheide mich für oben.

Quer durchs Dach, welches es auch immer ist.

Haus, Zug, Auto, Schiff – idealerweise Flugzeug.

Wo hoch über den Wolken Michael Endes Fuchur mich abholen wird.

Mich in seinem weichen weißen Fell auf seinem Rücken vor der Eises-
kälte schützt.

Auf unserem Weg durch die Lüfte.

Entgegen den Gezeiten.

Zurück zu Momo und ihrer kleinen Schildkröte.

Durch die dunklen Wälder von Mio, um ihn ans Licht zu erinnern und
so die Kraft für seine Rückkehr zu schenken.

Über die vom Blitz entzweite Burg von Ronja, die diese durch ihre Liebe
zum vereinten Zuhause zweier zuvor rivalisierender Familien macht.

Weiter zu Krabat, den ein Mädchen nur spüren, nicht aber sehen kann
und ihn so befreit.

Dann zu jener dunklen Höhle aus der Platon seinen Erkennenden em-
porsteigen lässt, um ihn sogleich mit dem Schmerz der Erkenntnis zu
konfrontieren. Ihn im Licht die Farben der Schatten sehen und so zwischen den Welten pendeln lässt. Wissend, fühlend. Entzweit zwischen
Dunkel und Hell und so mit sich vereint.

Lily blickt nach oben, die Zimmerdecke kann sie in der Dunkelheit nur
erahnen. Alles Konkrete um sie herum verschwindet. Der Raum wird
zur Projektionsfläche.

„Was ist in deinen Gedanken gerade?"

„Platons Höhlengleichnis... und in deinen?"

Wunder der Technik, Kurznachrichten. ‚Live-Chat' egal wo sie sind, auch in welcher Zeitzone auf der Erde.

„Unter- oder Oberwelt?"

„Der Schmerz der Erkenntnis."

„Meinst du es tut allen weh?"

„Weiß nicht – wohl denen, die erkennen. Die, die nicht erkennen, wenn sie keine Sehnsucht verspüren..."

„Platon sagt uns, dass Erkenntnis wehtut – aber doch nur weil wir denken, dass die, die nicht erkennen, eine Art Sehnsucht empfinden."

„Ja, so betrachtet: Erkenntnis ist etwas Individuelles, Eigenes. Das gut tut, wenn man Sehnsucht nach dem Licht hat.

Du meinst, andere würde es blenden?"

„Ja! Wenn wir genug Distanz zu uns selbst wahren, eine Art innere Mitte und ausgeglichene Energie in uns tragen und aus dieser Ruhe heraus unsere Gefühle nicht zu Denkprozessen umformulieren, dann ist doch alles gut."

„Du hast Recht. So wie ich erkennen möchte, nach dem Licht suche, weil ich sonst nicht ich bin, tun das einige andere auch. Wieder andere aber nicht. Sie sind längst in ihrem Licht, auch wenn wir es als Dunkel empfinden. Das lehrt Demut... wie kommst du gerade darauf?"

„Du magst doch nur ganz wenige Menschen dir ganz nah kommen lassen, auch körperlich. Du schützt so deine Energie, deine Sphäre."

Lily schmunzelt. Das schreibt der Richtige.

„Okay, und weiter?"

„Du bist dran. Warum darf ich das manchmal?"

„Weil... keine Ahnung, ich fühle es. Ich bin dann einfach nur da. Es ist erstmal nichts da."

„Gar nichts?"

„Für einen Augenblick nichts.

Weil ich mich dann vergesse.

Von mir ganz loslasse.

Dich spüre.

Dich dann loslasse.

Und dann einfach fühle, wahrnehme.

Als schaue ich nach innen.

Als löse ich mich auf.

Und dann bin ich so ganz ich.

Weil du ganz nah bist, aber bei dir bist.

Jetzt wo du nachfragst, dann ist da eine Art Licht in mir. Ich glaube an diese Momente."

„Schatten kann nur geworfen werden, wenn die Quelle des Lichts außerhalb von uns selbst ist. Deine Augen strahlen, wenn du loslässt."

„Und du weißt warum du gerade weit weg bist."

„Ja. Aber ich bin ganz nah."

„Ich weiß."

Das Jetzt zurückholen

„Eigentlich ist es schon verrückt. In der Kunstgeschichte begründet sich eine ganze Rezeptionsästhetik auf dem Prinzip, dass das Bild immer erst durch den Betrachter ist. Ohne dass es jemand erblickt und es als Bild in einen Sinnzusammenhang stellt, es erkennt und auch anerkennt als Bild, ist es ein Objekt, aber noch kein Bild.

Das gilt auch für Skulpturen und Gebäude.

Und damit eigentlich für alle Gegenstände.

Wir benennen sie, geben ihnen Namen. Wie Kant es festgestellt hat.

Und die Namen bedeuten etwas.

Für jeden von uns etwas anderes.

Und nur wenn wir mit einem Namen auch dasselbe meinen, verstehen wir uns.

Die Kunst lassen sich viele gerne erklären.

Oder forschen selbst und publizieren dann ihre Eindrücke und Einsichten.

Dem glauben oder misstrauen dann andere.

Zu bestimmten Zeiten gibt es Regelwerke, etwa dass Maria in ein blaues Gewand über rotem Kleid gekleidet sein sollte. So erkennt man sie. Und trotzdem kann ihre Darstellung ganz unterschiedliche Emotionen hervorrufen.

Die einen beten sie an.

Andere finden ihr Antlitz vielleicht lieblich.

Wieder andere zu sanft.

Wieder andere stehen im inneren Zwist mit ihr.

Doch alle sind sich einig, es ist Maria.

Die meisten urteilen nicht über Richtig oder Falsch der Darstellung.

Sondern wollen sie verstehen. Für sich. Weil Maria ja eine Heilige in ihrem Glauben ist.

Ein Sinnbild eben für etwas."

„Manchmal wird der Glaube aber leider zum Diktat.

Dann geht diese Freiheit der individuellen Betrachtung und Erfüllung verloren.

Dann folgen die Menschen nur noch einer Glaubensauslegung, anstatt selbst zu glauben.

Dann werden Gebote zu Verboten, anstatt als Leitgedanke verstanden zu werden."

Noah blickt Lily ruhig an. Und nimmt sie in den Arm. Das erste Mal ganz selbstverständlich.

„Ich habe ein so unglaublich schlechtes Gewissen die ganze Zeit, dass mir deine Nähe so gut tut.

Weil ich ein Verbot innerlich in den Ohren habe.

...

Es ist irgendwie verrückt, widersprüchlich.

Als Kinder war es uns so selbstverständlich, miteinander umzugehen.

So wie Niki und Momo es heute tun.

Und jedes Mal, wenn wir uns wünschen, jemanden unsere Zuneigung spüren zu lassen, denjenigen selbst zu spüren, setzt unser Verstand, unser Denken ein und zügelt uns.

Und dann beschränken wir uns selbst.

Tun erst uns und dann den anderen und letztlich auch den geliebten Menschen weh.

Wir können andere nur so sehr lieben und diese Liebe freilassen, wie wir es auch mit uns tun.

Solange es wirklich einfach nur eine emotionale Zuneigung und Ihr Ausdruck ist."

„Manche kennen es nicht.

Weil sie die kindliche Freiheit vergessen und ihnen ihre Sehnsucht aberzogen wurde."

„Und im Laufe der Zeit vergessen sie, wer sie sind.

Manche erinnern sich noch wer sie einmal als Kind waren. Andere vergessen sogar das.

Aber im Jetzt erzählen sie dann was sie tun,

wo sie leben,

welche Titel sie tragen,

mit wem sie verheiratet sind,

wie viele Kinder sie haben.

Sie sind beschäftigt damit, was andere von ihnen denken zu erfüllen, und wollen gesehen werden."

„Mhm, aber es tut weh, wenn man irgendwann merkt, dass man selbst auch in diesen Strudel geraten ist. Und vergessen hat, wer man sein wollte, wenn man groß ist. Und da vielleicht gar nicht so ganz auf dem Weg hin ist. Zumindest äußerlich."

„Wahrscheinlich haben nicht viele den Mut und die Kraft für ihren Weg als sie selbst und auch zu sich selbst.

Deswegen folgen sie lieber.

Anderen, die klarer in ihrer Freiheit und in ihrem selbst sind.

Oder Regelwerken.

Viele wissen aber trotzdem aus ganzem Herzen zu lieben."

„Ja, aber dann fühlt es sich an, als seien sie mehr durch uns denn durch sich selbst. Und wenn wir sie dann nicht ganz in uns aufgehen lassen, spüren sie, dass ihnen in ihnen selbst etwas fehlt. Dann wird ihre Sehnsucht, die sie nicht erfassen können, zur Traurigkeit."

„Das macht dann uns traurig.

Weil wir wissen, wir brauchen uns an einem ganz bestimmten Ort in uns drinnen für uns ganz alleine.

Dort sind wir ‚wir' – du ‚du' und ich ‚ich'.

Die anderen können wir dorthin nicht mitnehmen.

Das aber schmerzt sie.

Und so beginnen wir Verboten zu folgen, um ihnen zumindest einen äußeren Rahmen der Sicherheit zu geben."

„Liebe ist für mich Glaube und Freiheit.

Manchen gibt das in meiner Nähe Halt, auch wenn sie das so selbst nicht können.

Ich musste erst lernen, das zu akzeptieren.

Aber so ganz nah kommen nur die, die sind wie ich. Frei im Glauben und im Herzen aus Liebe."

„Hat jeder Mensch einen eigenen Platz in deinem Herzen?"

„Ja, da steht niemand gegen einen anderen.

Für mich hat es seine Ordnung. Ein inneres Gleichgewicht.

Alle diese Menschen zusammen plus mein Raum, das bin ich." „Weißt du, wer du bist, wenn du in deinem Raum bist?"

„Ja, es ist ein Gefühl, klar, unendlich."

„Das kenne ich. Dann löse ich mich auf und bin doch ganz da." „Was dringt zuerst in dein Bewusstsein, wenn du aus solch' einem Moment zurückkehrst?"

„Meistens etwas, das mich zuvor sehr beschäftigt hat, worauf ich aber keine Antwort gefunden habe.

Es erscheint mir dann oft sehr klar.

Zumindest für einen Augenblick. Eben bis die Gedanken einsetzen und ich es in die mir bekannte Realität einbaue.

Wenn es Dinge sind, die nur mich betreffen, muss ich eigentlich nur den inneren Schweinehund überwinden und den Schritt ganz nach vorne zu meinem inneren Bild, also mir selbst, gehen.

Sind andere im Spiel, wird es verworrener..."

„Manchmal bin ich am glücklichsten, wenn nichts passiert.

Dann brauche ich auch nichts.

Und ich habe das Gefühl, als sei alles gut.

Und irgendwie unendlich.

Auch ich."

Der Traum

Es ist längst nach Mitternacht.

Lily ist so müde, dass sie erst nicht einschlafen kann.

Die Ereignisse der letzten Zeit haben sich überschlagen. Sie war mitten drin, hat es gelebt.

Der Alltag war es, der ihr erstmals wie ein Film erschien. Als habe sie einfach die Seiten gewechselt.

Ihr Ort ist jetzt die Bühne.

Als Kind wollte sie dort tatsächlich hin. Als Tänzerin, zumindest für eine Weile.

Doch die erschaffene Bühnenwelt der letzten Wochen wirkt auf sie noch viel phantastischer.

Und echter.

Das gemeinsame Werk mit anderen.

‚Wenn einer alleine träumt, ist es nur ein Traum. Wenn mehrere gemeinsam träumen, ist es der Beginn einer neuen Realität." Wie viele sonst diese Realität wohl bemerken und zumindest einen Blick hineinwerfen werden?

Was passiert, wenn andere eintreten?

Bislang ist es ihre Vierer-Welt. Geboren aus ihrer aller Kindheitserlebnisse und -Ideen.

In einem einvernehmlichen Gefühl.

Können andere alles das einfach ‚mit-leben'?

Intuitiv, ohne viele Worte?

Oder wäre das der Moment der Geschichtsschreibung? Wenn sie beginnen würden zu erzählen und zu erklären. Und alsbald einer von ihnen oder jemand anders Geschichten oder Ereignisse aufschreiben würde?

Lily kuschelt sich tief in ihre Decke.

Den Urmoment ihres bewussten Glaubens hat sie noch nie erzählt. In der Konstantin-Basilika in Trier. Fasziniert von dem puristischen, gigantischen Bau, der im 4. Jahrhundert n. Chr. zur Krönung Kaiser Konstantins errichtet wurde.

Eine lebhafte Geschichte von Zerstörung und Wiederaufbau erfuhr.

Vom katholischen zum protestantischen Gotteshaus umgeweiht wurde.

Zuletzt seinen antiken und seither angebrachten ‚Schmuck' verlor. Und nun als reines Stein- und Holzwerk seine innerste Struktur offenbart.

Ein Innenraum von gigantischem Ausmaß. Gedacht, damit sich die dem Kaiser Nähernden doch klein fühlten.

Lily aber fühlte sich frei. Und sicher. In sich.

Die Basilika, einer ihrer Orte.

Sie begriff, hier wäre das ‚von Angesicht zu Angesicht' für sie gegeben.

Ein Gottesdienst als Dialog.

Lily schlummert immer wieder ein, wacht aber auch wieder auf. Erst nach einer ganzen Weile fällt sie in einen tiefen Schlaf. Bis zu den frühen Morgenstunden. Ein intensiver Traum.

An diesem ‚Ort' kann sie alles ausprobieren. Mögliche Realitäten durchspielen.

Sie stand vorne in der Konstantin-Basilika. Und wurde im Betrachten des Chorraums gefragt, was sie sähe.

Eine wunderschöne Architektur, nach allen Regeln der Proportionslehre aufs Einfachste reduziert und deswegen einzigartig.

Lily war sich nicht sicher, ob neben ihr nicht ein ehemaliger Padre aus ihrer Klosterschulzeit stand. Und ob er sie wiedererkannt hatte.

Was denn ihre Religion sei.

Die Kunst, denn in ihr ist alles möglich und sie lebt vom Widerspruch.

Und trotzdem vermag sie klare Werte zu vermitteln. Ich kann mir in ihr mein Glaubensgerüst bauen.

Wie fertig ist dieses denn?

Sehr. Jetzt. Ich glaube. Darin und daran. Und so auch an mich. Vertraue. Mir und so auch anderen. Es hat eine Weile gedauert.

Was hat so lange gefehlt?

Ich selbst. Ich war auf der Suche nach mir, an vielen wunderbaren Orten auf dieser Welt. Aber letztlich konnte ich mich nur in mir finden.

Würdest du – damit ist Lily sich sicher, es ist einer ihrer Padres – deinen Glauben weitergeben?

Ja, gerne und sofort. Aber das ist nur im Kleinen möglich. Und vielleicht tue ich das sogar, so wie andere das mit mir tun.

In welcher Weise?

Ich habe mich in dem Augenblick selbst erkannt und gefunden, als ich mich von den konventionellen Normen frei gesprochen habe. Und ein eigenes Verständnis von Nächstenliebe und vielem mehr zugelassen habe. Ich liebe meine Nächsten, aber eben wirklich meine Nächsten. Und ich glaube, wenn diese es auch wieder tun, ist es wie ein Dominoeffekt. Jeder hat seine Nächsten. Es ist nie ein geschlossener Kreis.

Welche konventionellen Normen?

Ich bin oft gerne alleine, so sehr ich geliebte Menschen in meiner Nähe eben liebe. Diese kennen mich wie ich bin und kennen die Kraft die darin liegt. Auch den Glauben.

Was ist mit der Bibel?

Für mich eine fantastische Geschichten- und Gleichnis-Sammlung, die uns lehrt zuzuhören, hinzuschauen und unseren Glauben zunächst für uns, in unserem Herzen, unseren Gedanken und unserem Handeln zu finden.

Und was sind die Kirchen dann?

Wunderbare Orte, an denen wir uns zu uns zurückziehen können. Auch in Gemeinschaft, die vielen Halt gibt.

Du bist aber dann lieber alleine?

Ja. Ich glaube an die Eigenverantwortung und Selbstständigkeit jedes Einzelnen.

Was ist das Gespräch mit einem katholischen Geistlichen hier an einem protestantischen Ort für dich?

Er hat sie erkannt.

Wir sind uns einig im Glauben. Wir haben nur unterschiedliche Lebensmodelle für uns damit gefunden. Ihnen gibt das Halt, was mir meine Freiheit und das weltliche Leben nehmen würde. Mir gibt das Halt, was ihnen den Schutz für ihre Passion und ihr christliches Leben nehmen würde – das Lehren des Weltlichen im Glauben, als Lehrer. Letzteres erleben zu dürfen hat mir einen Teil meiner Kraft gegeben, meinen Glaubensweg zu gehen und meinen Glauben zu finden. Mich zu finden.

Lily schlägt die Augen auf. Etwas verwundert wie real ihr die Szene doch erscheint.
Weiterschlafen hilft.

In der Kirche

Lily schiebt eine große Türe vorsichtig auf. Niki und Momo schlüpfen unter ihrem ausgestreckten Arm hindurch und staunen. Ein riesiger Innenraum. So gigantisch, dass sie nicht wissen ob sofort losflitzen oder lieber ganz nah bei Lily bleiben.

Niki wollte hierhin. Weil sie Bilder und Fotos von Bildern in solchen Räumen gesehen hat. Und Noah ihr von den Geschichten von den Bildern ein wenig erzählt hat. Manche wunderschön und manche ganz unheimlich, aber mehr weil die Bilder unheimlich waren.

Sie hätte sie eigentlich noch gar nicht sehen sollen. Noah meinte, sie sei zu klein. Und sie war einfach auf seinen Stuhl geklettert, eigentlich tabu, um an die Bücher auf seinem Schreibtisch zu kommen.
Und dann waren da diese Bilder. Von einer wunderschönen Frau in Rot und Blau mit einem kleinen Baby auf dem Arm. Manchmal saß eine

andere Frau daneben.

Und dann entdeckte Niki Bilder mit einem Baby in einer Krippe. Mit Ochse und Esel daneben, ein Schafhirte. Und eigenwillig gekleidete Herren. Die mit Kamel und Elefant etwas brachten.

Auf manchen Bildern waren auch Herren ganz in Dunkel gekleidet, so wie die, zu denen Noah neulich meinte, das seien Mönche. Dann gab es wunderschöne Räume um diese Mama mit ihrem Baby, die eben immer ein wenig anders und doch gleich aussah. Zwischendrin waren allerlei Bilder auf die Niki sich keinen Reim machen konnte. Da stand etwa einer im Fluss, und ein anderer goss Wasser über ihn. Oder ein langgezogener Tisch mit vielen Männern die aßen, nur der in der Mitte wirkte ein wenig anders. Und plötzlich war da einer, der ein wenig wie der am Tisch in der Mitte zuvor aussah, an ein Kreuz genagelt, blutete furchtbar und darunter weinten einige. Das kam Niki doch sehr absonderlich, aber auch unheimlich vor. Wer den wohl ans Kreuz genagelt hatte?

Zum Glück hatte sie Fred, Mimi, Leon und Lulu dabei. Und auch ihre Lieblingspuppe, die sie ganz fest knuddelte.

„Du weißt, du sollst nicht hier sein."

Leon ist selbst ein wenig überfordert mit dem Anblick der Bilder und der Geschichte. Aber Niki ist nicht abzubringen.

„Einmal so weit, bleibt nur weiter."

Mimi ist direkt vor Niki geflogen.

„Blätter' um, du wirst sehen, er ist nicht tot, er lebt."

Und tatsächlich, ein leeres Grab, und da steht er wieder – unversehrt.

„Aber das geht doch gar nicht...", wirft Lulu ein.

„Nein, es ist alles eine Geschichte, an die viele glauben. Weil sie erzählt, dass der Glaube stärker ist als der Tod. Und weil Jesus Christus als Prediger und ‚Sohn Gottes' bekannt war, sind die Menschen bis heute bereit an dieses Wunder zu glauben."

„Es gibt ihnen Kraft und Halt in den schlimmsten Momenten."

„Weil der Gottesglaube der Glaube ans Gute und an letztendliche Gerechtigkeit ist."

Lulu und Leon sind auf Nikis Finger geflogen, um ihr ganz viel Nähe zu geben. Niki kennt diese Geste.

„An euch muss ich ja auch glauben, dann kann ich euch sehen, also richtig sehen. Und dann spüre ich euch, obwohl ihr nur ganz wenig kitzelt. Aber ich habe euch lieb. Total sogar!"

„War der denn wirklich am Kreuz?"

„Ja."

„Wer war so böse, das zu tun?"

„Da hatte doch sicher der Teufel die Finger im Spiel?!"

Fred lächelt.

„So kann man das sehen."

„Oder es musste alles so passieren, damit die, die nicht glauben, doch glauben lernen. Also zumindest als Geschichte so erzählt werden."

Niki lauscht den vieren und ist doch reichlich verwirrt.

Was von alledem auf den Bildern ist oder war echt? Und was sind Geschichten? Und warum erzählt vielleicht jemand Geschichten, damit Menschen etwas glauben?

Und so hat sie längst völlig vergessen, dass sie eigentlich nicht alleine an Noahs Schreibtisch soll als dieser die Tür öffnet. „Papa!"

Sie springt auf und streckt ihre Arme aus.

Kaum in der sicheren Umarmung rollen die Tränen. Noah hält Niki fest, tröstet sie.

Und als sie sich ein wenig beruhigt hat, setzt er sich mit ihr auf dem Schoß vor das große Buch.

„Na komm', jetzt weißt du warum ich dir sage, hier liegt manches für das du noch zu klein bist. Aber jetzt vertreiben wir einmal die bösen Geister vor dem Schlafengehen."

Niki zeigt nur stumm auf die ihr unheimlichen Bilder.

„Es ist eine Geschichte, und wie weit du irgendwann daran glauben möchtest, dass sie genau so war, oder aber, dass sie dir nur etwas beibringen soll, das darfst du selbst entscheiden."

„Es sieht so echt aus."

„Was passiert denn in euren Geschichten mit den Elfen und Feen und Zentauren und Zauberern und Königen und Prinzessinnen und allen anderen? Ist da alles immer gut und sind alle immer lieb und fair miteinander?"

Niki macht sich ganz klein, um ganz in Noahs Umarmung zu passen.

Sie schüttelt erst leicht und dann bestimmt den Kopf.

„Manchmal sind die richtig gemein und grausam. Besonders die Bösen. Und dann tun die Guten etwas dagegen. Aber die Guten gewinnen immer, zumindest bei uns."

„Und wie seid ihr an alle eure Sachen für eure Welt gekommen?"

Niki zuckt erst mit den Schultern.

„Wir durften am Anfang ein paar Decken und Kissen nehmen. Und dann haben wir mehr genommen. Da war Erika erst sauer. Aber als sie sah, was wir gebaut haben, meinte sie mit erhobenem Zeigefinger ‚nur das eine Mal!'"

Niki ahmt die Geste nach und muss selbst lachen.

„Deswegen meinte sie zu uns ‚Gottes Werk und Teufels Beitrag'."

„Und in eurer Welt ist da ‚richtig' und ‚falsch' immer klar? Und ‚gut' und ‚böse'?"

„Ja, so wie wir es uns eben ausdenken."

Niki überlegt.

„Unsere Prinzessinnen dürfen manchmal Sachen, die du mir verbietest, aber sonst..."

„Ist es ein wenig so wie in unserer Welt auch?"

Nicken.

„Siehst du. Ihr erfindet eine Geschichte, eine ganze Welt, baut sie. Und ihr könntet sie jetzt malen, anderen erzählen. Die wieder Bilder dazu malen. Und dann wäre manches wunderschön und anderes ganz schrecklich auf den Bildern."

Nicken.

„Und was jemand davon dann glaubt oder nicht, wer weiß? Aber ihr habt schon etwas von der Geschichte, die du eben entdeckt hast, mit in eure Welt genommen."

Nicken.

„Beim groß werden lernt ihr einfach die wichtigsten Dinge, was okay ist und was nicht. Bei manchem ist es klar, da könntest du es jetzt schon selbst wunderbar erklären. Bei anderen Sachen ist es schwieriger, und da sind sich auch nicht alle einig."

Nicken. Niki weiß genau worum es geht.

„Wenn ich mich mit Mama anmotze."

„Ja, und jetzt ist Schlafenszeit, meine kleine Prinzessin."

Da steht sie nun, die kleine Prinzessin. Mitten in einer Kirche. Und nimmt recht dankbar Lilys Hand, die ihr angeboten wird. Momo hat die andere.

„Wo wollen wir denn anfangen?"

„Wo sind wir überhaupt Mama?"

„Im Kölner Dom."

Wenn die Welt erklingt

Lily schmiegt sich in Noahs Arm ein.

„Ich hatte einen seltsamen Traum. Darin habe ich begriffen, dass ich um die halbe Welt gereist bin, weil ich auf der Suche nach etwas war, das ich letztlich nur in mir finden kann. Jetzt, da ich das spüre, bin ich zuhause."

„Und du hast mich im Moment des Ankommens mitgenommen. Irgendwer hat da wohl Regie geführt."

Noah lacht.

„Möchtest du wissen wie es weitergeht?"

„Nein, ich möchte es spüren und leben. Jetzt habe ich den Mut dazu. Und die Sehnsucht ist oft ein Licht inzwischen, keine Traurigkeit mehr."

Lily nickt zustimmend.

Noah hebt mehrfach an etwas zu sagen, nimmt Lily aber einfach nur näher zu sich.

„Sie haben mir eine Position weit weg angeboten."

Noah schluckt, jetzt ist es raus.

„Es ist absurd, dort legen sie dann Wert darauf, dass sie mir viel Zeit mit meiner Familie geben und ich nicht allzu viel reise – hier aber bin ich fast nie zuhause..."

„Du weißt, dass es richtig ist zu gehen...?!"

„Ich möchte nicht wieder von dir getrennt werden."

„Wir sind jetzt groß und die Welt ist nun klein. Und solange wir beide auf dieser Welt sind, sind wir da. Nur vielleicht nicht immer ganz nah. Aber in unseren Herzen. Und Gedanken. Und deine Familie braucht dich wirklich!"

„Meinst du Niki und Momo verkraften das?"

„Sie haben ja uns, und auch sie sind nicht aus der Welt füreinander."

„Okay, wenn du mir schreibst. Recht häufig. Und du weißt, ich bin nicht gut im Antworten."

„Aber ein Lebenszeichen darf ich erwarten?!"

Lily knufft Noah leicht in die Seite.

„Ja."

„Wann geht es los?"

„Recht bald, im Spätherbst."

another rainy morning

some flowers still flourishing

bright and colorful to remind us of the warmth

in the middle of autumn coloring the green

leaves playing with the wind

floating down to the ground

the air humid but fresh

first nights of frost

the migratory birds are already gone

we might get snow soon

all white then within hours

the colors of nature's circle

some early birds flourishing in late winter like the snowdrop

others only wake up when the days get shorter already

celebrating nature's winter sleep when everything is covered in white

the few hours of sunlight bring the magic of reflections all over

when the sounds are clear and crystal and the echo of each woken up

animal clangs far

to let us wonder how they do in their caves somewhere out there

early in the morning, the sun is just rising

drawing the bright autumn colors on the sky

morning coffee warm and soft with milk

a female voice singing

carrying my thoughts while waking up

far beyond what is now and here

as the sounds recall memories

outside in nature still green but already shading in fall colors

the symphony of tones when the green, yellow and red leaves start

dancing in the wind

whispering the melody of getting ready to fall asleep

in nature's night, the winter

when only the evergreens stay awake

and carry the white dress of snow

covering everything else just as a large blanket to keep and protect life

beneath

jingle bells, jingle bells, jingle bells

the shortest day of the year shortly before the family comes together

on christmas and the children excitedly unwrap the paper in red, green

and gold

to find santa clause's choice of their wish list

after 24 long days of waiting and opening one door after another on

their advent calendar

Nur eine kurze Nachricht von Noah.

„Was tust du dieser Tage?"

„Ich schreibe. Eine Geschichte. Unsere Geschichte."

„Und dann, wenn die erzählt ist?"

„Dann lasse ich die Welt erklingen im Licht der Kunst..." „Wie?"

„Mit dem Götterfunken von Schiller in Beethovens 9. Symphonie in ei-

nem Tempel auf Sizilien."

„Der taube Komponist."

„Er war nicht taub.

Vielleicht konnte er irgendwann nicht mehr recht hören.

Aber die Farben und Noten und vieles andere haben auch einen Ton, einen Klang, eine Melodie.

Und dem konnte er zuhören, lauschen, es weiterklingen lassen."

„Wie sieht das dann aus?"

„So wie es in den Noten geschrieben steht. So wie das Orchester sich dann bewegt. So wie der Chor singt."

„Und warum ein antiker Tempel?"

„Weil es die Zeit von Schillers Götterfunke ist. Und so klingt dieser bei Beethoven dann auch – göttlich..."

Fred und Lulu tanzen vor Freude durch die Luft.

„Sie schreibt, sie schreibt!"

„Dann geht es Mimi und Leon auch gut!"

„Und wir werden sie wiedersehen."

„Das hier ist ja nur der Anfang."

„Die Stunde Null beginnt."

———

Dieses war der erste Streich

und der zweite folgt sogleich

ein Wimpernschlag

ein Atemzug

ein Hauch von Ewigkeit

von Ewigkeit zu Ewigkeit

von jetzt auf gleich